짝사랑 중독 클럽

차례

5월, 내가 아니어도 된다면
17

4월, 내가 아니어야 한다면
59

6월, 내가 아닐 수도 있다면
111

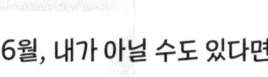

5월, 네가 아니어야 한다면
157

작가의 말
207

네가 좋아하는 사람, 이 사진 안에 있지?
널 짝사랑 중독 클럽으로 초대할게.
오늘 새벽 6시, 자율학습실로 오지 않으면
네 짝사랑을 모두에게 소문내겠어.

이도와 우주, 지나와 태현은 분홍색 메모가 붙은 사진을 들고 서로를 멋쩍게 바라보았다. 평일 새벽 6시, 다른 학생들이 아직 꿈나라일 이른 시간. 그 시간부터 공부할 리 없는 해랑고등학교 사진부원 네 명이 자율학습실 문을 열었다.
"혹시… 너도?"
모두가 동일하게 손에 들고 있는 사진은 1년 전 교내 체육대회 날 함께 찍은 단체 사진이었다. 사진부원 네 명이 카메라를 보고 저마다 그럴듯하게 취한 포즈 뒤로 당시 전교 학생회장과 배구부 선배, 그 외 몇몇 학생들이 지나가는 장면이 찍혔다. 이 사진에 자율학습실에 모인 사진부원 네 명의 짝사랑 상대가 전부 포착되었음은 분명했다. 이에 4인은 일심동체로 자신이 들고 있는 사진을 숨기며 서로에게 보여 주려고도, 서로의 사진을 보려고 하지도 않았다.

사진부장 태현이 가장 먼저 사진을 가방 안에 욱여넣었다.

"누, 누가 짝사랑 같은 거 한다고 그래? 웃기시네. 내가 이딴 장난에 속다니."

이도와 우주 또한 허둥거리며 사진을 철저히 감췄으나 어째서인지 지나만큼은 심드렁했다.

"내 사진은 봐도 돼. 어차피 너흰 다 알잖아."

이미 짝사랑 상대가 알려져 있는 지나가 사진을 내밀었다. 이도와 우주, 태현은 지나의 사진이 자신이 받은 것과 완전히 같은 사진인 걸 확인하고 깜짝 놀랐으나 떨리는 눈동자를 감추려 얼른 고개를 돌렸다.

그중 먼저 입을 연 사람은 펄쩍 뛸 듯한 몸짓으로 민망함을 드러낸 이도였다.

"나는 이런 짓을 하는 애가 누군지 보려고 여기 온 것뿐이야.

짝사랑이라는 말 때문에 온 게 아니라고."

그러자 태현은 불안함을 감추려 역으로 이도를 추궁했다.

"넌 무슨 사진 받았는데? 혹시 지나랑 똑같은 거?"

"네가 알아서 뭐하게. 그냥 의미 없는 사진이야."

"반응 왜 이래? 진짜 너도 누구 짝사랑하는 거야?"

"아니라고!"

둘의 입씨름을 들으며 사진을 다시 들여다보던 지나는 문득 수상한 점을 발견했다. 오른쪽 귀퉁이에 먼지 뭉치처럼 보이는 흐릿한 물체가 찍힌 것이다.

"이거 혹시 자율학습실에 나온다는 '그 귀신' 아니야?"

지나의 말에 이도가 팔로 몸을 감싸며 파르르 떨었다. 교내 꼭대기 층인 4층에 위치한 자율학습실은 1년 전까지만 해도 우수 동아리인 수학부를 위한 자습 공간이었다. 하지만 수학부 학생이 투신자살한 일이 발생한 후로는 누구도 찾지 않는 공실로 방치됐다.

칼단발을 한 이도가 자기 머리카락이 뺨에 닿을 정도로 세차게 고개를 저었다.

"귀신이 세상에 어디 있어! 어제 교실에서 우리 가방에 접근한 사람이 있었는지나 생각해 보자."

사진부원들은 각자 골몰하여 범인을 추리했으나 누구도 특정인을 떠올리진 못했다. 그들은 학급에서 서로가 아니면 딱히 친한 친구가 없는, 존재감이 흐릿한 구성원들이었다. 누군가 굳이 다가와 공들여 장난칠 정도로 재미있는 존재들이 아니었다.

우주가 제 손안의 쪽지를 관찰하며 나지막하게 중얼거렸다.

"어떻게 안 거지?"

차분한 목소리였지만 우주의 새까맣고 긴 속눈썹이 살짝 떨렸다.

지나를 뺀 사진부 3인에겐 말하지 못하고 마음으로만 품은 상대가 있었다. 숨겨 둔 나무 열매처럼 은밀히 익혀 뒀던 비밀이 의문의 쪽지로 처음 공유됐다. 비밀을 발각당한 데서 소름을 느낀 넷이 무언가에 통한 듯 동시에 사방을 살폈다. 주변엔 새벽 6시에 걸맞은 냉기만 가득했다.

자율학습실에는 버려진 책상과 의자, 교탁과 칠판이 아무렇게나 놓여 있었다. 사물함은 자물쇠가 채워진 하나의 칸을 제외하곤 전부 비워졌다. 이 공간은 학생들의 출입이 아예 금지됐다. 새벽마다 여기서 귀신을 보았다는 제보와 자녀의 정신건강을 걱정한 학부모의 민원이 줄줄이 이어진 탓이었다. 이제는 교실에서 더 이상 쓰지 않는 폐기 직전의 기물을 버리다시피 보관하는 공간으로 전락했는데 오늘은 어째서인지 문이 열려 있었다. 학생들 안전에 무엇보다 민감한 경비 아저씨가 열어 뒀을 리는 없었다.

평소 겁이 많은 편인 우주가 주저앉아 짧게 비명을 질렀다.

"무서워!"

단짝인 이도가 우주의 어깨를 감쌌다.

"그냥 우리가 조용한 애들이라 괴롭히는 거겠지."

짝사랑이 공개되어도 개의치 않던 지나 또한 우주를 다독이려고 한마디 거들었다.

"패션부 애들이 한 짓 아니야?"

사진부는 해랑고에 등록된 동아리 중 부원이 가장 적었다. 언젠가부터 카메라를 들고 다니며 다른 사람의 사진이나 찍는 아이들은 음침하다는 편견이 생긴 탓이었다. 질 나쁜 가십의 주축을 담당하는 모임은 패션부였다. 그들은 사진부원들의 용모가 유행에 뒤떨어진다는 이유로 사진부원들을 촌뜨기 취급하며 곧잘 무시해 왔다. 이도, 우주, 지나는 이런 패션부의 태도에 화가 났지만 내색 한번 하지 못했다. 정확히 말하자면, 내색할 입장이 못 되었다.

사진이 좋아 부장까지 맡은 태현만이 유일하게 눈치 없이 굴 수 있었다.

"지금 패션부 애들한테 전화해서 항의해 볼까?"

소심한 우주가 태현의 옷자락을 쥐었다.

"걔네 건들지 말자. 작정하고 괴롭히면 우리만 힘들어져……. 패션부엔 은호 선배도 있잖아."

호기롭게 화를 냈던 지나도 누군가의 이름을 듣고는 머뭇거렸다. 사진부에선 목소리가 가장 컸지만 그래봤자 학급 내 존재감은 패션부의 말단 학생만 못했다. 보이지 않는 서열이 존재하는 학교에서 아이들은 자신이 어떤 위치를 담당하는지 너무나 잘 알았다.

새벽이 동트고 있었다. 자율학습실의 창문 너머로 불그스름한 태양이 슬금슬금 올라왔다. 눈썰미 좋은 이도가 교탁을 가리켰다.

"잠깐, 저기에 뭔가 있어."

귀신이든 패션부든 이길 수 없는 상대에 무력해진 네 사람이 겁을 잔뜩 먹은 소동물처럼 똘똘 뭉쳤다. 태현이 이도의 등 뒤에 바짝 붙더니 물체를 직접 가져와 보라 부탁했다. 교실에 들어섰을 당시에는 미처 발견하지 못한 작은 상자였다. 이도도 무섭긴 마찬가지였지만 용기를 내 교탁 근처로 가 손을 뻗었다.

상자 안에는 붉은색 초대장 네 장과 안내문 한 장이 있었다. 이도는 부원들에게 초대장을 나눠주고 안내문에 적힌 내용을 소리 내 읽었다.

짝사랑 중독 클럽에 온 걸 환영해.
한 장씩 나눠 받은 초대장은 짝사랑을 이뤄주는 타임머신이야.
그 초대장을 찢으면 짝사랑이 이뤄질 확률이 가장 높은 과거로 시간 이동을 해.
한 장씩 차례로 찢되 지금으로부터 24시간이 지나기 전에 네 장 다 찢어야 해.
마지막 초대장을 찢고 나면 내가 굳이 요구하지 않아도 다들 이곳으로 돌아오고 싶어질 거야.
한 명이라도 찢지 않으면 모두 평생 사랑이 이뤄지지 않는 저주를 내리겠어.
너희의 사랑이 얼마나 멋진지 지켜볼게.

안내문을 다 읽자 종이에서 녹색 불길이 타오르더니 솜사탕처럼 녹아 사라졌다. 이도는 소스라치게 놀라 소리를 지르며 뒷걸음질 쳤고, 다른 부원들 또한 귀신이라도 본 듯 사방으로 달아났다. 자율학습실 벽면에 껌처럼 바짝 붙어 눈알만 굴려대는 부원들의 모습이 볼품없었다.

"방금 그 불길 뭐야?"

"김이도, 너 마술할 줄 알아?"
"짝사랑 중독 클럽이라니. 그딴 오타쿠 같은 동아리가 우리 학교에 있었어?"
"이거 진짜냐고."
 네 명 중 대답을 담당한 이는 아무도 없었다. 서로가 서로에게 무용한 질문을 하며 상황만 살폈다. 안내문은 이미 흔적도 남지 않았으나 그들이 쥐고 있는 초대장은 실재했다.
 태현이 손을 떨며 주머니에서 휴대폰을 꺼냈다. 학교 온라인 홈페이지에 접속하니 자치활동 메뉴에 각종 동아리가 소개되어 있었다. 어디에도 '짝사랑 중독 클럽'이라는 동아리는 쓰여 있지 않았다. 우주가 은밀한 목소리로 세 사람에게 속삭였다.
"상사병으로 자살한 스토커 선배의 짓이야……."
 지나는 우주의 말을 듣자마자 괴담을 퍼트리지 말라며 고개를 대차게 흔들었으나 내심 그 말에 영향을 받은 모양인지 어깨를 동그랗게 말았다.
 1년 전. 투신자살한 선배에겐 스토커라는 꼬리표가 붙어 있었다. 학교에서 인기 많은 남학생을 마음 깊이 짝사랑하다가 뜻대로 되지 않아 옥상에서 몸을 던졌다는 이야기. 삼류 드라마에도 더는 쓰이지 않을 법한 사연이었다. 당시 동급생들은 해당 여학생이 상대 남학생과 집요히 엮이려 했음이 사실이라고 증언했다.

태현이 초대장을 구기며 한탄했다.

"말도 안 돼. 모솔로 죽는다니……."

그 말에 자극을 받은 건지 이도의 표정이 바뀌었다. 이도가 자신의 초대장을 모두가 볼 수 있게끔 들었다. 조금 전까지 벽에 딱 붙어 울상 짓던 얼굴은 온데간데없었다.

"이딴 게 진짜일 리 없어. 잘 봐!"

우주가 이도의 성급한 행동을 말리려 했다. 하지만 이도의 손이 조금 더 빨랐다. 쥐고 있던 초대장은 이미 세로로 길게 찢겨 있었다. 녹색 불이 또 한 번 타오르더니 이도의 몸이 쓰러지듯 뒤로 넘어갔다.

5월, 내가 아니어도 된다면

네가 좋아하는 사람, 쉽게 포기했지?

얇은 종이를 찢는 소리가 이도의 머릿속에서 크게 울려 퍼졌다. 생경한 소음은 묵직한 두통이 돼 뇌를 통째로 흔들었다. 아파하며 눈을 번쩍 뜬 순간, 이도는 몸을 휘청였다. 몸이 평소의 감각과는 묘하게 달랐다.

가방에 닿을 정도로 뒷머리가 길었고, 하복 차림새였다. 이도는 17세의 5월 말에 머리를 자른 후 줄곧 단발이었으며, 해랑고의 하복 혼용 기간은 5월부터였다. 그러니 지금은 필시 17세의 5월 중 어느 날이고, 이도는 그 시점의 자기 몸에 들어와 있었다.

"네 건 오렌지 주스 샀어."

뒤에서 태현의 목소리가 들려와 몸을 돌려 살피니 그가 편의점에서 막 나오고 있었다. 오렌지 주스 팩 하나를 건네는 태현 또한 하복 차림이었다. 이도가 반가움에 호들갑을 떨었다.

"우리 진짜로 시간 이동했어!"

"뭔 소리야?"

"성공했다니까? 너도 같이 찢었어?"

"이거 쿠키런 빵? 아직 봉지 안 뜯었는데."

태현은 랜덤 스티커가 들어 있다는 빵 봉지를 부스럭거렸다. 이도가 왜 모르는 척하냐는 얼굴로 태현을 빤히 보았는데, 돌아오는 대답이 없었다. 그제야 이도는 상황을 파악했다. 1년 전으로 돌아왔으나 그 점을 알고 있는 건 오직 자신뿐이란 사실을.

태현이 이도의 어깨에 손을 올렸다.

"빨리 가기나 하자. 배터리 떨어지기 전에 사진 많이 찍어야 해."

본인만 다른 시간선의 사람이라는 점이 이도의 목덜미에 자잘한 소름을 만들었다. 이도는 기계처럼 부자연스럽게 고개를 끄덕이며 태현을 따라 걸었다. 걸음걸이가 유독 빠른 태현을 종종걸음으로 쫓으며 이도는 떠올렸다. 17세의 5월. 해랑고에서 투신자살 사건이 일어난 지 얼마 지나지 않은 때였다. 사건 조사를 한다면서 경찰이 학교를 수시로 드나들었고, 지역 신문사 기자들은 취재를 목적으로 사전 연락도 없이 교내에 들이닥치곤 했다. 학생들과 학부모들은 극도의 불안을 호소했다. 그러자 학교 측은 불만을 잠재울 간계를 썼다.

"이도야, 우리 학교에서도 박연경 같은 선수 나오는 거 아니야?"

"왜 이리 신이 났어?"

"공부 안 하니까 기분 좋잖아."

그것은 바로 급조된 행사인 전교생 배구 경기 관람이었다. 해랑고는 오래전부터 유능한 배구선수를 육성하기로 유명했다. 세계 배구 여제인 박연경 선수의 출신학교로 각종 매스컴에 소개되기도 했다. 주요한 팀 경기가 있을 때마다 현장학습 겸 단체 관람을 시행하기도 했는데, 이번 경기는 그 목적이 달랐다. 그저 혼란스러운 교내 여론을 잠재우기 위한 임시방편용 행사였다.

이도가 기억하기로, 사망한 선배와 학년이 달랐던 1학년들에겐 비교적 사건의 충격이 덜했다. 수업이 없으니 마냥 좋다며 눈치 없이 헤실거리는 태현만 보아도 그랬다. 몇몇 학생들에게 모르는 선배의 죽음은 자신의 불행이 아니라 그저 한때의 이야깃거리에 불과했다. 이도는 해맑게 구는 태현에게, 눈치껏 좋아하라며 면박을 주려다 말았다.

서둘러 주머니를 뒤적거렸다. 예상대로 부재중 연락이 와 있었다.

"현지는 언제 온대?"

날이 화창했다. 날이 궂어도 실내에서 열리는 배구 경기가 취소될 리는 없었다. 이도가 기억하기로 이날 배구 경기는 취소되기는커녕 생각보다 일찍 끝나 학생들에게 조기 귀가라는 행복까지 선물했다. 그리고 이도는 태현과 함께 귀가하지 않을 예정이었다.

이날은 이도의 친구 현지가 고백하는 날이었다. 무려 이도의 5년 지기 동네 친구이자 오랜 짝사랑 상대인 태현에게.

'정말 귀신의 말이 맞았어.'

오늘은 이도가 고백을 포기한 날임과 동시에 짝사랑만으로 만족하기로 결심한 날이었다. 태현의 이상형이라는 긴 생머리를 더 이상 유지하지 않으리라 마음먹은 날이기도 했다. 이후 이도는 긴 우울에 빠져 여름 방학 내내 친구들과 연락을 나누지 않고 두문불출하며 지내다가 2학기가 되어서야 겨우 기력을 되찾는다.

그러니 이도는 이날을 바꾸고 싶었다. 적어도 현지가 고백하는 일만큼은 막아야 했다.

"이도, 너 현지랑 같은 학원 다닌댔지?"

"어…… 그렇지. 왜?"

"현지는 어떤 타입이야?"

상황은 이도가 전략을 짜기에 유리하지 않았다. 태현은 이미 현지와 따로 연락을 주고받는 관계였다. 심지어는 현지를 향한 호기심으로 눈동자까지 반짝였다. 힘들게 마음을 다잡고, 그저 같은 사진부원으로 남아도 괜찮다며 감정을 정리했던 18세의 이도는 17세의 태현과 재회하자 겨우 기워 낸 옷감이 뜯기는 듯한 당혹감을 느꼈다.

'괜찮아진 줄 알았는데…….'

태현은 좋아하는 일에 몰두할 때면 주변의 무엇도 신경 쓰지 못했다. 그건 문제였다. 주변 사람의 마음을 모른 척할 정도로 우둔한 편은 아니었지만, 이도의 비밀을 알아챌 정도로 눈치가 빠르진 않았다. 이도가 생각하기에 남녀 사이에 친구란 고백하기 전까지만 유효했다. 5년이나 동네 친구로 지냈던 이도와 태현의 관계에서 둘 중 누구도 호감을 느끼지 않았을 리 없었다. 안타깝게도 이 관계에선 이도가 위장친구 역할을 맡았다.

처음에는 그저 심심풀이용 친구였다. 태현은 사진 찍는 것이 취미라 주말마다 출사를 다녔고, 요식업에 종사하는 이도의 부모님은 주말 장사 때문에 늘 이도를 혼자 뒀다. 시간을 죽일 겸 사진 찍는 걸 구경한다는 이유로 이도가 태현을 따라다녔고 태현은 그런 이도를 어시스트로 챙겼다.

둘은 주말마다 공원에 갔고, 호숫가에 갔고, 인테리어가 예쁜 카페에 갔다. 태현은 이도에게 자신이 얼마나 사진을 좋아하는지 거리낌 없이 알려 줬다. 공원의 운치 있는 풍경을 찍어 줬고, 호숫가에서 강아지풀을 잡아다가 귀에 걸어 줬으며, 카페에선 조각 케이크를 사 주었다. 태현은 사진에 관심이 없던 이도에게 아무것도 요구하지 않았다. 다만 부탁했다. '너도 사진을 좋아해 줘. 혼자만 좋아하면 쓸쓸하거든.' 이 말이 이도에게는 다르게 들렸다. '너도 나를 좋아해 줘. 혼자만 좋아하면 쓸쓸하거든.' 착각과 배려가 반복되는 주말이 몇 년간 이어졌다.

태현 없는 주말은 이제 이도에게 의미가 없었다. 좋아하는 아이돌이 불참한 음악 방송 무대처럼.

"현지는 당연히 좋은…… 친구지."

"네 덕에 친해졌어. 웃긴 애더라."

"웃기다고?"

"응. 재미있어. 현지를 소개해 줘서 고마워."

태현이 이도를 보며 밝게 웃었다. 하늘은 태현만큼이나 눈치 없이 화창했고 바람 역시 눈치가 없는지 둘 사이를 오가지 않았다. 5월의 생기가 가로수마다 만발하니, 깡마른 태현의 피부 위에도 환한 빛과 풀 내음이 넘치도록 내려앉았다.

현지와 태현이 친해지게 만든 장본인은 다름 아닌 이도였다. 현지는 두 사람과 같은 반은 아니었지만 적극적인 성격 덕분에 학원에서 이도를 먼저 알아보고 말을 걸었다. 둘은 급속도로 친해졌고, 현지는 주말마다 이도와 함께 시간을 보내고 싶어 했다. 태현과 출사를 가는 게 더 좋았던 이도는 여러 변명을 둘러대며 현지와의 약속을 거절했지만 변명거리는 곧 바닥났다. 현지의 얼굴이 새 친구를 향한 서운함과 약간의 의심으로 어두워졌을 때 이도는 하는 수 없이 그 말을 꺼내고 말았다.

'혹시 사진에 관심 있어?'

결국 그 작은 호의가 눈덩이처럼 불어나, 지금 눈앞 삼거리에서 현지가 태현을 향해 손을 흔들게끔 만들고야 말았다.

"이도야, 태현아, 여기야!"

평소와 똑같은 교복 차림인데도 오늘 현지는 달랐다. 반짝이는 팔찌를 찼고, 못 보던 풀잎 핀을 머리에 꽂았다. 반지르르하게 광택이 도는 입술까지, 누가 봐도 현지는 오늘을 중요한 날로 만들 각오를 다진 모습이었다. 17세의 이도는 그 사실을 까마득히 모른 채 이날 현지가 유난히 예쁘다고만 생각했다. 시간을 거슬러 온 18세의 이도는 자신의 아둔함에 코웃음이 나왔다. 현지가 이렇게나 신경을 쓰고 왔는데, 왜 당시엔 몰랐을까 싶었다.

"일찍 도착해서 너희 둘을 계속 기다렸어."

"미안. 대신 이거 사 왔어."

"쿠키런 빵이네. 궁금했는데 고마워."

"내가 사 주는 거니까 아마 레어 스티커 나올걸?"

"자신감 봐!"

둘의 화기애애한 대화에는 끼어들 틈이 없었다. 17세의 이도는 아무것도 몰랐기에 눈치 없이 오렌지 주스만 들이켰었다. 하지만 오늘의 이도는 현지를 본 순간부터 미리 실연당한 듯한 느낌이 들어 기분이 영 쓸쓸했다. 주스 팩에 빨대를 꽂았으나 과거의 자신과 달리 주스를 빨아올릴 기력이 없었다.

현지는 아무것도 모른 채 천진히 이도의 팔을 붙들었다.

"배구 경기 기대된다. 그렇지?"

이도가 예의상 고개만 끄덕였다. 현지와 태현은 기분이 좋은지 지나치게 표정이 밝았다. 이도는 이 분위기에 찬물이라도 끼얹고 싶어서 자살한 선배 이야기를 꺼내 볼까 싶었지만 차마 그러지는 못했다. 현지는 분명 이도에게도 좋은 친구였다.

현지가 이도와 팔짱을 낀 채 남은 한 팔로 태현까지 휘감았다.

"너희랑 같이 갈 수 있어서 정말 신나."

이도는 현지가 얄미우면서도, 마음이 쓰이는 걸 어찌하지 못했다.

현지는 자기 학급에 친구가 없었다. 다른 반에도 없었다. 그 말은 지금 현지에게는 이도와 태현이 유일한 친구라는 뜻이었다. 현지가 학원에서 알게 된 이도에게 유달리 친근히 굴었던 이유는, 학교에서 늘 쓸쓸하게 지내야 하는 신세를 학원에서나마 벗어나고 싶어 했기 때문이다.

3월까지만 해도 현지의 교우 관계는 나쁘지 않았다. 친구가 없어진 건 학생회장인 2학년 이은호를 좋지 않게 언급한 이후였다. 그 일로 현지는 많은 이들의 미움을 샀다. 선후배 할 것 없이 따르는 이들이 많았던 회장이기에 해랑고 학생들은 부탁받지도 않은 유치한 복수를 선뜻 나서서 행했다. 이후 현지는 은근한 따돌림의 참가자조차 되지 못하는 소외된 학생들, 예컨대 이도와 태현 같은 아웃사이더들이 아니면 친구를 만들 수 없는 처지로 강등됐다.

그렇다고 현지가 외톨이 신세에서 벗어나기 위해 이도와 태현을 영악히 이용한 건 아니었다. 현지는 이도에게 우정을 빙자한 집착을 조금 보이긴 했지만, 이도를 통제하지는 않았다. 학원을 마치고 떡볶이를 먹으러 가잔 제안을 이도가 거절하면 더 조르지 않았고, 이도가 마이쮸를 하나 주면 하이츄 두 개로 보답했다. 외롭다고 자주 말하긴 했으나 이도가 부담스러워하면 즉시 멈추었고, 자신의 감정을 밀어붙이지도 않았다. 안타깝게도 현지는 많은 학생들의 미움을 살 만큼 나쁜 아이가 아니었다. 그래서 이도는 더 씁쓸했다.

태현과 친해지는 걸 막을 명분이 없었으니.

배구 경기장까지는 도보로 20분이 걸렸다. 오늘 경기가 끝나자마자 현지는 이도에게 부탁해 태현과 단둘이 하교하게 된다. 이도가 오늘을 바꾸고 싶다면, 더 늦기 전에 다른 선택을 해야만 했다.

*

"고라니를 찍으러 가자고?"

태현이 들뜬 표정으로 안경을 추켜올렸다. 현지는 신나 보이는 태현의 얼굴을 한 번, 굳어 있는 이도를 한 번 쳐다보았다. 출근시간이라 도로 위로는 소형차들이 연이어 지나갔다. 셋이

걷기에 인도는 좁아 이도가 차도 쪽으로 난 자전거 전용 도로 위에 섰다.

"샛길 강둑에 이른 아침이면 고라니가 나온대. 오늘 출석 체크도 널널할 텐데 언제 이런 기회를 잡겠어?"

이도의 승부수였다. 태현은 정적인 피사체보다 동적인 피사체를 좋아하여 무생물보다는 생명체를 찍는 일을 더 선호했다. 출사지로 산을 갈 때면 나비나 벌 같은 곤충을 꼭 찍어 왔던 태현은 언젠가 카메라 안에 야생동물을 담아 보고 싶다고 말한 적이 있었다. 그 말을 듣고서 이도는 밤새워 동네 주변의 야생동물 출몰지를 인터넷에 검색했다. 이미 도시화가 이뤄진 지 오래된 탓에 발견한 자료라곤 무려 10년 전 포스팅된 고라니 강둑 출몰 기사뿐이었다. 하지만 지금의 이도에게 그 기사는 고릿적 정보가 아니라 유일한 동아줄이었다.

이도가 태현을 강하게 부추겼다.

"지금부터 강둑에서 기다리다 보면 분명 만날 수 있을걸?"

배구 경기를 보러 가지 않을 이유를 만들 수만 있다면 지금은 추억 속의 고라니든 환상 속의 유니콘이든 무엇이라도 팔아넘겨야 했다. 달콤한 꾐에 넘어간 사진사가 단숨에 반응을 보였다.

"찍고 싶어! 현지야, 우리 조금만 늦게 가면 안 될까?"

태현은 고라니를 이미 만나기라도 한 듯 흥분한 목소리로 애원했다. 현지는 빛도 축소시켜 버릴 만큼 두툼한 태현의 난시교정렌즈 너머로 반짝이는 눈동자를 보았다. 그걸 보고도 부탁을 거절하기는 어려웠다.

"하지만 너희 반 담임이랑 우리 반 담임이 우리가 지각한 걸 알면……."

"가는 길에 넘어져서 약국에 들르느라 늦었다고 하면 돼! 마침 가방에 약이 있거든."

태현이 백팩을 가슴 앞으로 끌고 와 지퍼를 열었다. 가방 안에 마데카솔과 소독약, 밴드 등이 있었다. 지난달 산으로 출사를 갔을 때 이도가 넘어지는 바람에 태현이 구매했던 약품이었다. 태현은 이도가 다쳤던 일을 완전히 잊은 듯 그것들을 자랑스레 꺼내 보였다. 알리바이 계획을 뽐내며 기뻐하는 얼굴에 걱정이라고는 없었다. 이도는 얼마 전까지 밴드를 붙여 뒀던 팔뚝 살을 슬쩍 만져 보았다. 떼지 말고 붙여 놨으면 태현도 기억해 줬을 거라는 아쉬움은 감춰 뒀다.

현지가 미덥지 않다는 표정으로 주변을 살폈다.

"근처에 갓둑이 어디 있어? 이렇게 차가 쌩쌩 다니는데."

"지도를 보니까 있기는 해."

"나도 한번 보여 줘 봐."

이도는 지도 앱을 열어 자신의 말이 거짓이 아님을 증명했다. 현지는 위치가 궁금한 척 태현 옆에서 작은 화면을 함께 들여다보았다. 들뜬 태현과 수상쩍어하는 현지가 발 하나 들이밀지 못할 만큼 가까이 붙어 이리저리 방향을 찾았다. 밀착한 두 사람을 보자 이도는 계획과 영 다르게 상황이 흘러간단 생각에, 겨우 준비한 케이크를 쏟아 버린 아이처럼 맥이 쭉 빠졌다.

그때 뒤에서 짤랑거리는 벨 소리가 울렸다. 이도가 깜짝 놀라 돌아보니 자전거 한 대가 빠르게 다가오고 있었다.

"안으로 와."

태현이 이도를 감싸 인도 쪽으로 밀었다. 그러고는 자신도 자전거 전용 도로에서 벗어나려고 이도 뒤에 바짝 붙었다. 이도의 백팩이 납작하게 눌렸다. 가방이 구겨질 때 이도의 숨도 잠깐 멈추었다. 벨을 연타하던 자전거 한 대가 앞으로 지나간 후에야 뒤에 붙어 있던 태현이 떨어졌다. 찰나에 들이마신 공기에선 먼발치서 불어온 강 내음과 태현에게서 풍긴 옅은 체취가 났다. 스스럼없이 붙어 다니던 친구임에도 이도의 이마가 불붙은 심지처럼 뜨거워졌다.

"미안. 너무 붙었지."

태현이 흐릿하게 미소 짓더니 다시 지도 앱으로 고개를 돌렸다. 대답할 틈이 주어지지 않아 이도는 그저 비슷한 온도의 웃음으로 답을 얼버무렸다. 손바닥부터 손가락 마디까지 힘이 빠지는 것만 같았다.

가로수의 선선한 그늘을 얼굴로 품은 태현이 옆길을 가리켰다.

"이 방향이래."

그러고는 이도를 스쳐 지나갔고, 현지가 꿍얼거리며 태현을 뒤쫓았다. 인도를 벗어나자 좁은 샛길이 보였다. 더 이상 그늘이 없었다. 쾌청한 아침 햇살이 이도를 평소보다 빠르게 데웠다. 이도는 괜스레 목덜미를 손으로 매만졌다. 맺혀 있던 땀이 손바닥에 묻어났다.

얼마 걷지 않아 지도상의 강둑이 보였다. 크지 않은 강이었고, 강줄기를 따라 키가 제각각인 풀들이 자라 있었다. 이름을 알 수 없는 들꽃들도 오합지졸처럼 피어 제멋대로인 풍경이 나쁘지 않았다. 앞장선 태현이 기뻐하며 뛰어갔다. 강둑은 길보다 지면이 낮고 계단이 없어 흙으로 된 경사로를 밟고 내려가야 했다. 카메라를 꼭 쥔 채로 조심히 내려간 태현이 현지 쪽을 돌아봤다.

현지는 태현에게 손을 내밀었다.

"운동화가 미끄러워서 못 내려갈 것 같은데 잡아 줘."

"세 걸음만 더 가까이 와."

"조심해야 돼. 이거 흰색 운동화야."

태현이 현지의 손을 잡고 조심스럽게 당겼다. 현지는 신발을 염려하며 툴툴대면서도, 얼굴에 번지는 기대감을 감추지 못했다. 아닌 척하는 감정까지 미묘하게 중첩돼 어색해 보이는 현지의 얼굴을 보고 태현도 덩달아 웃었다. 그걸 본 이도는 다소 굳은 얼굴로 경사로에 섰다. 태현은 공평하게 이도에게도 손을 내밀었다.

"오늘은 다치지 마."

그 말을 들은 이도의 눈동자가 아주 조금 흔들렸다.

다행히 태현이 이도의 손을 잡자마자 힘 있게 당기는 바람에 이도가 감추지 못한 흔들림은 들키지 않았다. 미끄러지듯 경사로를 내려간 이도의 몸이 태현과 잠시 붙었다가 떨어졌다. 태현의 얼굴에는 현지와 나눴던 미소의 잔상이 남아 있었다. 이도는 그런 태현을 올려다보면서도, 해가 강해 눈을 찌푸렸다. 당황한 표정을 들키지 않아서 다행이었다. 그늘 한 점 없는 강둑의 풀은 어떻게 스쳐도 뜨겁기만 했다. 이도는 다리로부터 올라오는 열감을 듬뿍 느끼며 둘을 쫓았다.

현지가 태현의 곁에 바짝 붙어 고라니가 어디 있느냐며 장난을 쳤다. 태현이 등을 돌려 이도에게 물었다.

"이 감독 말한 거 맞지?"

"응. 여기 맞아."

태현은 고라니를 포착하기 좋은 위치를 찾기 위해 풀이 무성한 쪽으로 나아갔다. 한 줄로 걷는 세 사람 곁으로 강물은 구경꾼이 되어 잔잔히 흘렀다. 이도는 현지와 태현의 뒷모습을 관찰했다. 자신은 키가 작았으나 현지는 키가 제법 컸다. 태현과 엇비슷한 정도였다. 말수가 적어진 이도를 뒤에 둔 채 현지는 태현 옆으로 가 얼굴을 바라보았다.

"넌 사진 찍는 일이 그렇게 좋아?"

"당연하지. 특히 살아 있는 동물은 발견할 때마다 꼭 찍고 싶어져."

"나도 동물 좋아해. 고라니 궁금하네."

"고라니라면 예전에 야생 다큐멘터리에서 봤던 기억이 나."

둘의 살가운 모습에 위기감을 느낀 이도도 성큼 따라붙었다. 대화 소리가 좀 더 크게 들려왔다.

"고라니 털이 밝은 갈색이니까 어떻게 찍으면 좋을지 고민이야."

"그야 얼굴이 잘 나오게 찍어야지. 귀엽게."

둘의 대화를 조용히 듣기만 하던 이도는 소외감을 느꼈다. 불편한 감정에서 벗어나기 위해 자신도 모르게 큰 소리를 내

버렸다.

"푸른 강을 배경에 두고 찍어야지!"

목청에 놀란 태현과 현지가 동시에 돌아봤다. 이도는 화기애애한 분위기에 훼방 놓을 생각은 없었다는 듯 볼멘소리로 덧붙였다.

"그래야 색이 대비돼서 예쁠 테니까……."

현지가 손뼉을 치고선 이도도 사진을 잘 아냐며 분위기를 다시 띄웠다. 태현은 이도의 말에 자극받아 카메라의 색 대비 기능과 보정법에 대하여 일장 연설을 늘어놓았다. 대화를 이어가며 셋은 다시 앞으로 나아갔다. 촬영 의견을 즐겁게 주고받는 두 사람을 보며 이도가 조용히 한숨을 내쉬었을 때, 어느새 현지와 태현은 나란히 걷고 있었다.

이도는 현지가 카메라에 전혀 관심이 없다는 점을 잘 알고 있었다. 현지가 태현의 말에 일일이 반응하는 이유는 오직 태현과 가까워지고 싶어서였다. 태현은 게임 초보자에게 아이템에 관한 지식을 설명하느라 신이 난 헤비유저처럼 떠들어 댔다. 반면 이도는 이제 태현이 이야기하는 것들은 다 알고 있었다. 더 이상 태현을 신나게 해 줄 만큼 눈이 반짝거리는 초보가 아니었다. 만약 현지의 순진함을 흉내 내기 위해 모르는 척을 한다면, 그것이 오히려 오래된 출사에 무관심했다는 방증이 되어 태현을 실망시킬 것이다. 이도는 둘의 뒤에 서서, 태현이 온 마음으로 환영하는 친구를 지그시 바라봤다.

현지는 사람이 필요한 아이였다. 말실수로 시작된 은근한 따돌림을 견디기에는 지나치게 외향적이었다. 이도처럼 주류에서 벗어나 변두리를 걸어도 상관없는 타입이 아니었다. 이도는 현지가 혼자 학교생활을 버티는 게 힘들어 그 상황에서 벗어나고자 어떻게든 친구를 만들려 노력했단 걸 알고 있었다.

"나 걔가 좀 마음에 들어."

17세 이도의 4월, 그러니까 지금으로부터 한 달 전 어느 날 밤, 보이스톡으로 현지의 떨리는 목소리를 들었던 순간은 미래의 이도에게도 여전히 생생했다. 그때 이도는 "말도 안 돼. 걔 어디가?"라고 장난스레 응수한 것을 두고두고 후회했다. 이미 늦었다. 태현의 곁은 이제 현지 차지였다. 새로운 친구의 기쁨을 뺏을 명분도, 수단도 이도에겐 없었다.

현지는 친화력이 좋았다. 누구와 말하더라도 친절하고 상냥히 반응했다. 태현을 얼마나 좋아하는지 그 애정의 깊이는 헤아리지 못해도, 지금 태현이란 아이는 자신의 옆보다 현지 옆에 있을 때 더 가치 있어 보였다.

태현이 카메라로 강둑 여기저기를 찍었다. 풀밭에 앉은 곤충과 들새들이 제법 있었다. 현지가 신기해하며 손뼉을 쳤다. 그

소리에 곤충과 새들이 일제히 날아오르니, 광경이 눈부셨다. 기교가 없는 독립영화 감독이라 하더라도 둘의 장면만큼은 수월히 찍을 게 분명했다.

'나도 저렇게 반응해 줄걸…….'

이도는 처음 태현과 출사 갔던 날을 떠올렸다. 풀벌레가 무섭고, 산이 싫다는 이유로 협조적으로 굴지 않았다. 호감이 있는데도 까칠하게 대했던 건 출사에 정신이 팔려 있는 태현에게 나도 좀 봐 달라는 투정이었다. 그 어리숙함을 아낌없이 티 내고 다녔던 이도는 자기 마음을 앞세우느라 상대의 표정은 전혀 읽지 못했다. 따라간 주제에 이것저것 요구가 많았던 이도에게 태현은 싫은 소리 한번 하지 않았다. 그리고 또 하나, 현지에게 촬영을 가르쳐 주는 태현의 모습을 보고 나서야 깨우친 사실.

'원래 사진 찍을 때 무표정이 아니구나.'

어쩌면 자신이 오랫동안 불청객이었을지도 모른단 생각이 이도의 뇌리에 스쳤다. 그 불유쾌한 인지만으로도 종아리까지 올라왔던 오전의 열기는 순식간에 식어 버렸다. 태현이 언제나 친절했던 이유는 이도가 특별해서가 아니라 그저 태현 자체가 좋은 사람이기 때문이라는 사실, 그것을 확인하는 일은 이도에게 가혹했다.

유유히 흐르던 강물이 한순간에 얼어붙듯 이도의 세계는 정지했다. 숨, 냄새, 온도, 살아 있는 모든 것이 앞으로 영영 죽어 소생이 불가할 것처럼 느껴졌다. 이도는 태현이 원망스러웠다. 차라리 자신을 귀찮아했더라면 어땠을까. 차라리 현지 같은 아이가 일찍 나타났으면 어땠을까. 돌이켜보니 짝사랑이 너무 오래되어 억울하기까지 했다. 어쩌면 오랫동안 출사를 따라다녔으나 관계가 진전되지 않았다는 사실이야말로 태현이 꾸준히 보낸 마음의 신호였는지도 모른다.

이도가 자신도 모르게 고개를 끄덕였다. 뼈아픈 단상이 진심으로 용납되는 바람에 자존심조차 상하지 않았다.

*

"이도야, 근처에 혹시 화장실 있을까?"

태현의 촬영 강의가 한차례 끝나자 현지가 허리를 두드리며 일어났다. 현지는 둘을 만나기 전에 마신 차가운 음료를 탓하며 복통을 호소했다. 이도가 근처 공중화장실 위치를 알려 주자 현지는 같이 가자며 이도를 붙잡았다. 태현은 촬영하기 좋은 지점을 찾았는지 가방에서 휴대용 삼각대를 꺼내 설치하느라 바빴다.

현지는 거리낌 없이 이도와 팔짱을 꼈다. 초여름에도 입김이 보일 듯 뜨거운 숨결이 이도에게로 향했다.

"아까 봤어? 태현이 완전 사진 오타쿠야."

"전부터 그랬어."

"같이 놀이공원 가고 싶은데, 가면 내 사진 많이 찍어 주겠지?"

현지는 이미 태현과의 단란한 데이트를 상상하느라 공중화장실이 어디인지 따위는 관심도 없었다. 한때는 이도 또한 그런 일들을 상상하며, 있는 힘껏 하루를 낭비하기도 했었다.

태현과 주말 출사를 가기 위해 월요일에 쇼핑몰에서 옷을 주문하고 하루도 채 기다리지 못해 판매자에게 언제 보내 주느냐고 문의를 넣으며 재촉하던 전. 앞머리를 자른 모습을 가장 먼저 보여 주고 싶어서 출사 날 아침부터 미용실에 들렀던 날. 혹시라도 대화가 끊기는 순간이 올까 봐 마음속에 재미있는 이야깃거리를 수십 개씩 준비했던 날. 그런 날들은 어김없이 실망만을 남겼다. 그럼에도 이도는 가여운 행복을 스스로 만들어 내며 며칠이고, 몇 년이고 같은 일을 반복했다.

하지만 이도는 그 마음을 누군가에게 내비치는 것이, 이른 거절을 당하는 일만큼 두렵고 망설여져 늘 혼자서만 상상했다. 결국 허상으로 종결돼 버렸다는 결과가 바로 너무나 행복해 보이는 현지의 얼굴 그 자체였다. 그 얼굴은 단 한 번도 태현이 현지에게 하여금 마음을 접으라는 신호를 보낸 적이 없다는 증거이기도 했다.

이도에겐 현지와 더 경쟁할 수 없으리란 굴욕적 판단이 섰다. 상대를 열렬히 응원하는 일이 가장 합리적인 선택이 아닐까 싶기까지 했다.

"태현이라면 네 인생샷을 잔뜩 찍어 줄 거야."

이도는 현지의 말에 최대한 밝게 대꾸했다. 흥을 돋워 주는 신세가 달갑지 않았지만 흥을 깨는 처지는 더 비참할 것 같았기에 최선을 다해 응원하는 척 마음을 위장했다.

"다음 달에 가자고 말해 볼까? 이도도 갈 거지?"

"바빠서 안 갈래."

"뭐가 바빠. 공부 안 하잖아. 같이 가자."

"둘이 가서 사진 많이 찍어. 너 오늘 배구 경기 끝나면 고백할 거잖아."

"어떻게 알았어?"

순간 현지가 팔짱을 풀고서 귀신이라도 본 듯이 한발 물러났다.

1년 뒤의 미래에서 왔다는 사실을 들킬지도 모를 실수였다. 이도는 상황을 복잡하게 만들 일은 피하고 싶었다. 또한 현지가 아무리 밉더라도, 사적인 계획을 먼저 언급해 버리는 건 허가되지 않은 침범이었다. 깨닫자마자 얼떨결에 고개가 현지의 반대 방향으로 달아났다. 상황을 무마해야 했다.

"그, 그냥 오늘 평소와 다르게 신경을 쓴 것 같길래……."

서둘러 둘러댄 말이 납득되었는지 현지의 표정이 풀어졌다.

"이도, 생각보다 눈치가 빠르구나."

"백 퍼센트 추측이었어."

"너 촉 좋다. 마침 오늘 아침에 고민을 끝냈거든. 근데 강태현은 나보다 사진에 더 관심이 많은 것 같아. 아니겠지?"

고등학교 1학년의 태현에게는 사진부를 만들겠다는 포부가 있었다. 내키지 않는 동아리에 억지로 가입해서 매주 한 시간씩 주어지는 재량 시간을 허비하느니, 사진을 좋아하는 친구들을 모아 사진 이야기만 하고 싶어 했기 때문이다. 신규 동아리를 만들려면 최초 등록 부원이 신청자를 제외하고 네 명 이상이어야만 했다. 태현이 매주 출사에 이도를 데리고 다니며 친절하게 대해 줬던 일은, 사실 동아리 창설을 위해 부원을 한 명이라도 확보하겠다는 노력의 일환이었다. 이도 역시 그 점을 모르지 않았지만, 그 마음이 전부는 아닐 거라고 매주 자신을 속였다.

'내가 노력하면 나를 단지 미래에 만들 동아리 보험으로만

보지는 않겠지.'

이도가 현지를 출사 모임에 데려온 것도 사진부를 꾸릴 부원을 확보하고자 자신 또한 노력한다는 걸 태현에게 보여 주기 위해서였다. 하지만 그 노력 때문에 이도는 인생에서 가장 곤란한 문제를 직면하고 말았다. 부풀었던 식빵의 김이 식듯이 조금씩 내려앉는 이도의 마음을 현지가 알 리 없었다.

"이도야, 나는 사진사 말고 모델 하고 싶어."

"사진부에는 모델도 필요할 거야."

"내가 모델 하면 이도도 나를 찍겠네? 기대된다."

"얼른 볼일이나 보러 가."

현지가 화장실로 들어간 뒤 이도는 먼발치의 태현을 응시했다. 깡마른 팔로 조리개를 조절하는 폼이 풀밭 위의 소금쟁이 같았다. 삼각대에 설치한 카메라에 딱 붙은 태현은 등 뒤로 고라니가 지나가도 모를 것 같았다. 생각해 보면, 사진을 찍을 땐 반드시 피사체가 필요한데 태현은 한 번도 이도의 단독샷을 찍어 준 적이 없었다. 동식물만 찍으려나 보다 하고 넘겼지만, 층간소음처럼 마음의 바닥을 불시에 뚫고 올라오는 이미지들이 아팠다. 예컨대 저 집중한 눈으로 자신이 아닌 꽃들만 보고 있던 태현이라든가.

'두 여자한테 사랑받고…… 좋겠다, 재수 없는 자식.'

태현은 인기가 많은 타입이 아니었다. 현지가 태현을 좋아하는 건 태현의 친절함과 하나에 몰입할 줄 아는 어른스러움의 영향이 컸다. 이도가 태현을 좋아하는 이유도 정확히 그 지점 때문이었으니까.

이도는 스스로가 원망스러웠다. 왜 인기 많은 학생회장 같은 선배를 좋아하지 않고 저런 아이 따위에게 마음을 저당 잡히고 말았는지. 보잘것없는 사람에게 마음을 줬다고 생각하니, 적어도 그 마음의 크기만큼은 꼭 돌려받아야만 한다는 조바심이 느껴졌다. 그러나 이도의 기다림은 쌓이고 쌓여 이제 지층처럼 납작해졌다. 인기가 아주 많지도 않은 주제에 자신을 몰라주는 태현이 곱게 보이질 않았다. 이렇게 된 이상 사진부라도 만들지 못하게 해 버릴까. 가질 수 없다면 방해라도 해야 마음이 편할 테니까. 1년 사이 그럭저럭 내면의 평화를 찾았던 18세의 이도는 17세의 여린 이도에게 빠르게 이입했다.

현지는 화장실에서 나오자마자 환하게 웃으며 이도 앞에 섰다.

"얼른 태현이한테로 돌아가자."

"있잖아, 너 진짜로 사진부 가입할 거야?"

"태현이랑 사귀고 싶으니까 당연히 가입해야지."

"네가 아까워서 그래. 가입 안 해도 돼."

"나는 태현이 착해서 좋아. 요즘 저런 애 학교에 없어."
"없기는! 한 트럭이야. 내가 다른 친구한테 물어볼게."
"아니야."
"쟤 완전 약골이야. 같이 사진부 활동하면 네가 짐 다 들어야 해. 나 그러다가 넘어진 적도 있다?"

현지가 이도의 팔뚝을 장난스레 밀치더니 다시 끌어안았다.

"나 생각해 줘서 고마워, 이도야."

은근한 악의를 담아 건넨 거짓말에도 현지는 오직 이도의 선심만을 골라 받았다. 차라리 현지가 교활하고 악독해서, 태현과 자신을 억지로 갈라놓으려 나쁜 짓을 벌였다면 이도는 속 시원히 욕이라도 했을 것이다. 하지만 고맙다고 말해 주는 친구에게는 어떤 나쁜 말도 할 수가 없었다. 한숨이 나오려는 걸 겨우 참았다. 완패였다.

그때 먼 풀숲 사이로 사슴처럼 보이는 작은 동물이 보였다. 사진에서만 보던 그 동물, 고라니였다. 태현이 숨죽인 채 두 손을 들어 기쁨을 표현하더니 삼각대의 방향을 틀어 촬영을 시작했다. 현지 또한 기다리던 야생동물의 출현에 깜짝 놀라며 재빨리 태현에게 뛰어갔는데 그 발소리를 듣고 고라니는 달아났다. 태현은 아쉬워하면서도 무척 즐거워하며 현지에게 찍은 사진을 보여 주었다. 탄성과 박수 소리가 반복됐다.

온화한 계절풍이 이도의 살갗을 자꾸만 데웠다. 그래서일까. 목격한 타인의 행복은 여름날의 아이스크림처럼 차갑게 느껴지기만 했다.

*

셋은 집결 시간보다 한 시간이나 지각을 해 버렸다. 담임 교사에게 크게 혼날 뻔했지만, 태현이 생각해 낸 꾀가 통한 덕에 어물쩍 넘어갔다. 현지는 태현에게 경기가 끝나면 잠깐 이야기를 나누자는 의미심장한 말을 끝으로 자신의 학급 지정 구역으로 이동했다.

고라니 사진을 찍은 후로 태현의 뺨에 홍조가 가득했다. 경기는 세트 사이 휴식 시간을 보내고 있었고, 태현과 이도는 지정된 구역의 빈자리에 앉았다. 늦게 온 탓에 좋은 자리는 아니었다. 태현은 그러거나 말거나 직접 찍은 고라니 사진을 살피느라 여념이 없었다.

"봐 봐. 고라니 궁둥이 제대로 찍혔어."

"귀엽다."

"구글에서 봤던 사진들보다 훨씬 잘 찍었어."

"축하해."

태현이 고개를 힘차게 들어, 이도를 돌아봤다. 나란히 앉은 탓에 서로의 이마가 닿을 것만 같았다.

"네가 제안해 준 덕분이지. 넌 정말 최고의 촬영 메이트야."

이도는 웃음이 나왔다. 기껏해야 촬영 메이트. 콧김을 뿜듯이 찬 숨을 입 밖으로 픽 하고 뱉었지만 태현에겐 이도의 서운함이 닿지 않았다. 차라리 잘된 일이었다.

이도는 기억했다. 이렇게 17세의 짝사랑은 성사되지 못하고 끝난다. 고등학교 2학년이 되어서도 달라진 건 없을 예정이었다. 이도는 태현과 이어지지 못할 걸 알면서도 사진부에 가입하고, 또 매번 출사를 다닌다. 현지는 사진부 신청서에 이름은 올렸지만, 창설 후 활동하지 않고 즉시 탈퇴한다. 그건 이도가 모르는 사이에 둘의 관계가 변한 탓이었다. 이날 이후 현지가 학원을 옮기기 때문에 이도와 긴밀하게 일상을 공유하지 않는 사이가 되어 고백했다는 사실만 알 뿐 고백이 성공했는지, 그래서 짧게라도 사귀었는지, 아니면 고백은 실패로 끝났는지 이도는 알지 못했다. 물어볼 수는 있었지만 왠지 자존심이 상했다. 관심 없는 척하고 싶었으니. 중요한 건 결국 2학년이 될 때까지 이도가 태현에게 고백하지 못한다는 사실이다.

그래서 초대장은 이도를 이날로 되돌렸나 보다. 오늘이 태현을 짝사랑하는 마음을 죽이고 살기로 결심한 날이니 지금 용기를 내면 미래를 바꿀 수 있을지도 몰랐다. 만약에 태현이 이도의 고백을 먼저 받아 준다면? 경기 후에 현지랑 귀가하지 말라고 이도가 부탁이라도 해 본다면? 아직 현지의 고백을 막을 기회는 남아 있었다.

근처에서 학생들을 둘러보던 선생님이 전자 기기를 넣으라는 눈치를 보냈다. 태현이 카메라를 끄고 가방 안에 담으며 속삭였다.

"이도야, 나는 오늘 결심했어."

"뭘?"

"내년에 꼭 사진부를 창설해야겠어. 아무리 생각해도 나는 사진 찍는 일이 너무 좋아."

"넌 진짜 한결같다."

"그렇지? 사진을 찍을 땐 내가 대단한 사람이 되는 것 같거든."

"대단한 사람?"

"응. 살아 있는 것들의 순간을 기록하잖아. 가끔은 내가 막 신처럼 느껴진다니까? 방금 말, 좀 재수 없었나. 너도 알겠지만 난 공부도 못하고 평범하니까 사진으로라도 특별한 사람이 되어 보려고 집착하나 봐."

사진부를 향한 열망을 표현하면서도, 고집스러운 제 모습을 적당한 겸손으로 누를 줄 아는 태현이 수수하게 웃었다.

태현은 항상 그랬다. 1년 전에도 그랬고, 1년 후에도 그렇다. 좋아하는 일이 선명하고, 그 일에 몰두할 때면 세상이 얼마나 치열하게 돌아가는지를 다 잊었다. 자신을 둘러싼 두 사람의 마음이 제멋대로 팽창하다 수축해 버리는 그 외롭고 괴로운 변화를 전혀 알지 못했다. 그래서 이도는 태현을 그다음 해에도 좋아했다. 차라리 태현이 현지의 고백을 받아들인 뒤 연애에 빠져 촬영을 등한시했다면 다른 친구들과 다를 바가 없어 이도는 아무런 매력도 느끼지 못했을 거고, 태현을 더 이상 좋아하지도 않았을 거다. 아니면 기적처럼 태현이 이도를 좋아하게 돼서, 먼저 고백을 한다면 이도의 마음은 오히려 가볍게 클리어된 게임처럼 더 진행되지 않았을지도 모른다.

이도는 생각했다. 너는 내가 아닌 것을 그토록 좋아하는데 왜 나는 하필 그런 너를 좋아하는 걸까.

이도가 덤덤한 표정으로 혼잣말하듯 내뱉었다.

"난 이제 아이돌이나 좋아해 볼까. 아니면 다른 애들처럼 회장 덕질도 괜찮겠지."

"뭐? 그럼 사진은!"

"잘 모르겠어. 보드게임 동아리 가입도 괜찮겠다."

이도는 자기 안에서 오랫동안 제자리걸음이던 마음을 마주하는 일이 어쩐지 좀 편했다. 그 마음에 굳이 '내일은 다를 거야'라는 기대감을 심어 주지 않기로 했다. 팔을 위로 쭉 뻗어 기지개를 켰다. 몸과 마음이 홀가분했다.

"안 돼! 네가 없으면 사진부를 어떻게 창설해?"

"현지가 있잖아."

"현지 한 명으로는 인원수를 못 채워."

"사진부 창설, 사실 나는 관심 없다면?"

"진심이야?"

태현이 해고 통보를 받은 아르바이트생 같은 표정을 지었다. 다급했는지 얼떨결에 이도의 팔뚝을 붙잡고선 되물었다. 관심이 없다는 말이 진심이냐고. 태현이 이렇게까지 서운해하는 모습을 이도는 처음 봤다. 마음에 여유가 생기니 상대의 얼굴이 조금 귀엽게 느껴졌다. 평소 같았으면 태현보다 조급히 구느라 서운하게 만들 여력 따윈 없었을 텐데.

말 그대로였다. 이도는 사진부 창설에 처음부터 지금까지 쭉 관심이 없었다. 이도가 관심을 가져온 건 오랫동안 한 사람이었다. 태현의 소망을 이뤄 주기 위해 이 자리에 있을 뿐이었다. 이도는 묻고 싶었다. 너는 아는지. 오늘은 자신도 소망을 이루고 싶어서 시간까지 이동해 이 세계선으로 다시 왔다는 걸.

"사진부 창설에 관심이 없던 거였어? 나만 진심이었고?"

심판이 호루라기를 불어 휴식 시간이 끝났음을 알렸다. 키가 큰 선수들이 코트로 돌아왔다. 흰 배구공 하나가 네트 위로 높이 솟았고 기다란 팔들이 허공 속에서 교차했다. 이도는 먼 경기장으로 시선을 옮겼다. 더는 태현을 쳐다보지 않았다. 바로 곁에 있지만 고개만 돌리지 않으면 보이지 않을 상대였다.

"대답해 줘. 내 계획에 동의하지 않는 거야?"

하지만 이도는 알고 있었다. 돌아올 일 없는 감정을 지속해 봤자 손해밖에 안 된다는 사실을 알면서도, 나쁜 일에 중독되어 버리듯 서운함뿐인 짝사랑을 접을 수가 없다는 걸. 오늘 고백하든 하지 않든 태현과 이어질 일은 없고, 태현은 이도를 친구 이상으로 생각하지 않는다. 또한 시간을 되돌린다 해도 이도가 태현에게 고백할 일 역시 없다. 이도에겐 자신을 친구 이상으로 생각하지 않는 태현을 배신할 의지가 없다. 쌉싸름한 맛을 감당하며 견디는 패배감은 미래에도 씻지 못한 채로 지속될 뿐이다.

그럼에도 이도는 태현이 좋았다. 그 마음을 어찌하지 못했다. 이도의 용기가 1밀리미터만큼 부족해서. 또한 여전히 살아서 펄떡이는 심장을 느끼는 일을 거부하지 못해서.

"농담이야. 나는 네 계획, 무조건 동의하지."

배구공을 타격하는 소리와 함성이 온 경기장 안에 울려 퍼졌다. 덕분에 이도 안의 소리도, 태현 안의 소리도 누구에게도 들키지 않았다.

*

잘못 맞춘 라디오의 주파수처럼 귀를 할퀴는 소음이 들려왔다. 고막을 파고들어 뇌를 찌르는 듯한 통증에 이도는 재빨리 양손으로 귀를 막고 상체를 웅크렸다. 옆에서 걱정하는 음성이 이어졌다. 그제야 이도는 눈이 뜨였다.
"괜찮아?"
곁에 친구들이 있었다. 17세가 아닌 18세의 친구들이. 정신을 차려 보니 현재 시간선의 자율학습실이었다.
"이도 너, 한 시간이나 누워 있었어."
"나 진짜로 다녀왔어."
"현지 어쩌고 하는 잠꼬대는 뭐였어?"
"세상에. 내가 그런 말을 했어? 너흰 다 들었고?"
사진부원들의 걱정 가득한 시선과 내려다보는 구도가 거북해진 이도는 그제야 자신이 누워 있다는 사실을 알아차렸다. 우주가 이도의 이마를 짚으며 염려했다.
"우리가 보기에 너는 그냥 죽은 듯이 잠을 잤어."

"내가 찢은 종이는?"

"갑자기 불이 붙더니 사라졌어."

이도가 몸을 일으키며 시간을 확인했다. 한 시간이 지나 있었다. 창 너머로 반듯하게 뜬 아침 해가 보였다.

이도가 초대장을 찢고 기절하자마자 사진부원들은 몹시 당황하여 119에 신고하려 했다. 그러나 알 수 없는 통신 장애로 휴대폰은 전부 먹통이 됐다. 자율학습실의 문도 바깥에서 잠긴 것처럼 열리질 않았다. 부원들은 혼비백산했으나 이도의 모습이 어딘가 편안해 보였기에 가까스로 평정을 되찾고 이도가 깨어나기만을 기다렸다. 그들은 방치된 책상을 일렬로 붙여 그 위에다 이도를 눕힌 뒤 각자의 교복 재킷을 벗어 덮어 주었다.

우주가 체온을 확인하기 위해 이도의 이마를 쓰다듬다 멈추었다.

"이도야, 안내문에 적혀 있던 내용이 사실이야?"

이도가 자기 몸을 덮고 있던 재킷을 주섬주섬 모아 부원들에게 돌려주며 대답했다.

"진짜였어. 1년 전 과거로 돌아갔어."

"고백에 성공했고?"

"그건 아니지만…… 아무튼 초대장에 깃든 주술이 진짜긴 해."

우주가 걱정스러운 얼굴로 교복 재킷을 다시 입었다. 지나 또한 마찬가지였다. 지나는 이도의 뒷머리를 손등으로 쓸어내리며 정리해 줬다. 얼굴에는 걱정이 가득했지만 손길만큼은 자상했다.

"그럼 초대장을 찢지 않으면 재수 없는 일이 생긴다는 경고도 사실이겠네."

부원들은 안내문을 다시 확인했다. 이도는 초대장에 관한 설명이 모두 진짜가 맞는다는 것을 몇 번이나 강조했다. 짝사랑 상대에게 고백하진 못했으나 과거로 가서 하루를 생생하게 되살았다고. 그 말에 지나가 침착히 상황을 정리했다.

"이도가 기절한 걸 봐서 다음 사람부터는 조심히 찢어야 해."

태현이 받아쳤다.

"일단 자율학습실에서 탈출부터 하자. 곧 등교 시간이야."

몸의 활력을 되찾은 이도가 정말로 문이 잠겼는지 확인하러 당장 앞문을 향해 뛰어갔다.

"안 잠겼는데?"

부원들이 했던 말이 무색하게도 문은 바로 열렸다. 지나가 한껏 진지한 얼굴로 이도와 추리했다.

"희한하네. 분명 네가 쓰러졌을 때는 안 열렸어."

"그럼 공간 폐쇄도 이 초대장의 영력?"

"진짜 폐쇄를 했는진 몰라도 과거에 가 있는 동안엔 최대한 방해받지 않게 하려는 게 아닐까?"

"정말 작정을 했군."

태현이 시간을 확인하며 다급히 손짓했다.

"아무튼 교실로 가자. 무단결석할 수는 없어. 여기 더 있고 싶지도 않고."

넷은 소변이라도 본 듯 공포심에 몸을 부르르 떨며 자율학습실을 벗어났다. 뒤도 돌아보지 않고 각자의 교실 쪽으로 내려가는데 일찍 등교하는 학생들이 하나둘씩 보였다.

태현이 세 사람을 다시 모으고는 걱정스레 물었다.

"24시간 안에 모두가 다 찢어야 한다는데, 다음은 누가 찢지?"

한동안 말이 없던 우주가 망설인 끝에 입을 열었다.

"보건실은 언제 열려?"

"보건 선생님은 8시부터 근무 시작이라 지금쯤 출근하셨을 걸. 갑자기 왜?"

"새벽부터 소리 질렀더니 머리가 아파서 쉬고 싶어. 나 1교시만 보건실에 있겠다고 담임 선생님한테 전해 줄래?"

우주가 메고 있던 가방을 벗어 태현에게 건넸다. 교실에 가방을 두어 자신이 학교에 왔다는 건 알려 달란 행동이었다. 어렵지 않은 부탁이었으나 이도는 우주의 상태를 의심했다.

"설마 보건실에서 초대장을 찢으려고?"

우주는 대답하지 않았다. 덩달아 수상함을 느낀 지나가 초대장은 수업이 끝나고 순서대로 찢으면 되니 서두르지 말자며 우주를 말렸다. 그러고는 우주의 팔을 붙잡았는데 우주의 팔에는 평소보다 힘이 들어가 있었다. 교실로 데려가려 몸을 끌어도 꿈쩍하지 않았다. 우주는 오히려 지나의 손을 조심스럽게 풀어 놓더니 한 번 더 말했다.

"1교시 수업은 건너뛸래."

그 모습을 본 이도는 우주가 서둘러 과거로 가길 바라고 있다고 생각했다. 그러고 보니 우주에게도 짝사랑 상대가 있다는 사실을 어렴풋이 들은 기억이 났다. 하지만 우주도 누군가와 연애를 한 적은 없었다. 이도는 우주와 가장 친한 친구이기에, 우주가 얼마나 신중하고 조심스러운 성격인지 잘 알았다. 지금처럼 고집을 부리는 모습은 처음 보았다.

"아프다면 어쩔 수 없지. 보건실에 가라고 하자. 거기서 초대장을 찢는 건 우주의 자유야."

이도의 말에도 지나는 걱정을 내비쳤다.

"보건실에서 찢으면 우리가 상황을 지켜볼 수 없잖아. 보건

쌤이 의심하시면 어떡하려고 그래?"

"내가 기절한 걸 보고 너흰 잠들었다고 표현했잖아. 잠든 사람처럼 평온해 보였다니 다행이지. 보건실이라면 여기보다 더 안전할 거고."

보건 교사는 특별한 일이 생기지 않는 이상 점심시간 전에는 보건실 밖으로 나가지 않는다. 1년 전, 근무 중 약품을 도난당한 적이 있던 탓이었다. 우주가 초대장을 찢고 공간이 폐쇄돼도 보건실이라면 위험에 처할 가능성이 적었다. 이도는 이 점을 지나에게 설명하며 우주를 보내 주려 했으나 지나는 혹시 모를 돌발 상황이 생길까 봐 우주를 보내지 않으려 했다. 이도가 우주를 재차 살폈다. 꼭 가고 싶어 하는 눈치였다.

"소우주, 1교시 빼먹어도 괜찮겠어?"

"어차피 수학이잖아. 나 수포자인 거 알면서."

태현이 옆에서 자랑이냐며 우주를 타박했다. 이도는 태현의 장난을 단속한 다음, 자리를 얼른 떠나려 하는 친구의 어깨를 두드려 줬다.

"담임 쌤한테 말해 줄게. 대신 너무 오래 있지는 마. 과거의 시간이랑 이곳의 시간이 어떤 속도로 비례해 흐르는지는 모르겠지만, 분명 같이 흐르긴 하니까."

"혹시 어떻게 하면 깨어날 수 있는지 알아?"

"확실하진 않은데 아마도……."

그들 곁을 지나가는 학생들이 점점 많아졌다. 태현은 혹시라도 누군가가 이야기를 엿들을까 봐 주변을 살피느라 분주했다. 이도가 우주의 귀에다 입을 바짝 대고 속삭였다.

"현실을 인정하면 돼."

비법을 전수해 준 이도는 나뭇가지를 씹은 듯 쓰게 웃고선 우주에게서 한 발짝 떨어졌다. 그렇게 사진부 3인은 2층의 교실로 향했고, 우주는 1층의 보건실로 향했다.

우주가 들어선 보건실에는 예상대로 보건 교사가 막 출근해 기구를 챙기고 있었다. 우주는 1교시 조퇴 사실을 담임 선생님에게 허락받았다고 거짓말을 한 다음 한 시간만 침대에 누워 쉬게 해 달라 부탁했다. 원체 낯빛이 창백해 보일 만큼 흰 덕에 보건 교사는 우주의 몸 상태를 의심하지 않고 침대 하나를 내줬다.

"열은 안 나니? 해열제도 줄까?"

"두통약만 부탁드려요."

"해열제가 필요 없다니 다행이네. 두통약이라면 이걸 먹어."

우주는 건네받은 두통약 한 알을 삼켰다. 감사의 눈맞춤 이후 침대에 누우니 조례 시간을 알리는 차임벨이 학교 전체에 울려 퍼졌다. 보건 교사도 문을 닫고 자리에 앉아 본격적인 업

무를 시작했다. 정리할 문서 파일이 많은지 금세 몰두하는 모습이었다. 우주는 눈을 둘 곳이 없어 문서 명칭의 제목을 공연히 흘긋거렸다. 의약품 지급 대장이었다. 이내 시선을 돌려 천장을 바라보았다.

정말로 초대장은 고백하기에 최상의 순간을 알고 있을까. 우주는 궁금했다. 덮은 이불 안에서 손을 꼼지락거려 종이를 찢었다.

4월, 내가 아니어야 한다면

네가 좋아하는 사람, 사실 너에게 제일 큰 상처를 줬지?

눈을 뜨니 익숙한 천장이었다. 모닝콜이 들려와 우주는 무의식중에 오른손을 뻗어 탁상시계를 껐다. 이미 이도에게서 시간 이동이 실제로 일어난다는 말을 들었기에 비교적 침착하게 주변을 둘러봤다. 휴대폰으로 날짜를 확인하고 당시의 카톡 메시지를 살폈다. 학급 단체 방에는 300개가 넘는 메시지가 쌓여 있었다. 일반적인 상황은 아니었다.

오늘은 절대 지각하면 안 돼!

이도에게 온 메시지 한 줄만 보고도 우주는 대번에 알아차렸다. 오늘이 1년 전 체육대회 날이라는 사실을.

서둘러 교복으로 갈아입었다. 아버지가 출근 전에 식탁 위에 챙겨 놓은 삶은 계란과 바나나로 아침을 해결했다. 현관에는 이미 가장 아끼는 운동화가 가지런히 놓여 있었다. 하루 전의 우주가 미리 꺼내 놓은 것이었다.

'정말로 오늘 고백하면 이뤄진다고? 아닐 텐데······.'

1년 전 체육대회 날을 떠올리자 우주는 마음이 싱숭생숭했다. 창문 너머로는 일기 예보의 비 소식이 무색하게 하늘이 푸르렀다. 체육대회에 가장 알맞은 날씨가 무엇인지 뽐내는 일에 하늘의 성의가 넘쳤다. 아침부터 아이들은 메시지를 끊임없이 주고받으며 한껏 들떠 있었다. 우주는 평소에 비해 가벼운 백팩을 메고선 문고리를 잡았다. 아버지는 한 시간 전에 출근했기에 집에는 우주뿐이었다.

"다녀오겠습니다."

대답 없는 인사는 우주에게 일상이었다.

학교로 향하는 동안 침착하게 생각했다. 체육대회에서 우주가 참가하기로 한 경기는 학급대항전 단체 피구 하나, 이 외에는 지정된 구역에서 열심히 응원만 하면 되는 날이었다.

이도는 수업하지 않는 것만으로도 오늘은 방학이나 다름없다며 한 주 전부터 흥분해 있었다. 체육대회가 끝나면 우주의 집으로 놀러가 하룻밤 묵기로 한 계획도 이도의 흥분에 한몫했다. 우주의 아버지가 마침 출장으로 1박 2일간 집을 비우고, 이도가 최근 힘든 일이 있다는 이유로 우주에게 은근히 하소연해 온 탓에 만들어진 약속이었다.

여기까지 떠올린 우주는 학교에 도착하자마자 곧장 화장실부터 찾았다.

'오늘 생리는 하지 않지만 혹시 모르니깐……'

1년 전 오늘은 예정된 생리 시작일이었지만 우주는 생리를 하지 않았다. 대신 PMS로 복통을 느낄 예정이었다. 생리를 하든 안 하든 속옷에 얇은 팬티라이너를 붙여 두는 일만으로도 우주의 근심이 설탕 녹듯 줄어들었다.

교실에 도착하자 아이들은 벌써 옷을 갈아입고 체육대회에 맞춰 외모를 꾸미는 일에 여념이 없었다.

"우주! 내가 귀여운 끈 챙겨 왔어. 어때?"

오늘 이도는 초대의 답례로 우주의 머리를 땋아 주기로 약속했었다. 내심 멋을 부리고 싶었던 우주는 이도가 집에서 챙겨 온 시나모롤 머리 방울이 마음에 들었다. 요란스러운 분위기에 적응할 틈도 없이 곧바로 착석해 머리를 맡겼다. 이도 또한 고민이 있다고 고백한 일은 새하얗게 잊었는지 즐거운 손놀림으로 빗질을 시작했다.

"옷 다 갈아입고 머리 땋아도 되는데."

"빨리 땋아 주고 싶단 말이야. 사진 찍어야 해."

"사진은 왜?"

"인스타 스토리에 올리려고. 태현이나 지나는 자기 사진 찍는 거 싫어하잖아."

"네 셀카를 찍어서 올리지."

"예쁜 애 사진을 올려야지 내 셀카를 뭐하러 올려?"

이도는 유튜브를 보고 연습했다며 우주의 머리칼을 정성스레 나눠 잡았다. 땋는 손길은 조심스러웠지만 멈춤이 없었다. 지나와 태현도 평상시와 다른 스타일로 변해 가는 우주의 모습이 낯설었는지, 괜히 곁으로 와 잘 어울린다는 말을 한마디씩 던지고 갔다. 친구들이 모두 운동장으로 떠나고 난 후 교실이 텅 비고 나서야 우주의 머리가 완성됐다.

"역시 잘 어울려. 사진 찍어 줄게."

한창 태현과 출사를 다닐 때라 그런지 이도의 촬영 기술이 제법 괜찮았다. 이도는 우주를 위해 정방향과 수평, 밝기까지 세심히 조절하며 촬영했다. 우주의 메신저 프로필 사진이 당장 바뀔 만한 인생 사진이었다. 우주가 매우 흡족해하자 이도는 어깨를 으쓱거리며 체육복을 건넸다.

"갈아입어. 우리도 바로 내려가야 해."

"나 그럼 화장실…… 아니다, 아무도 없으니 여기서 갈아입을게."

"에이, 내가 담요로 가려 줄게."

이도가 재빨리 교실 창가의 커튼을 치고, 서랍에 넣어 둔 무릎 담요를 들어 우주의 몸이 보이지 않도록 가렸다. 우주는 그 뒤에 숨어 꿈지럭거리며 옷을 갈아입었다. 학급에서 꼴찌로 준비를 끝낸 둘은 허둥대며 운동장으로 내려갔다. 지각 처리가 되어선 안 된다며 이도가 우주의 손목을 끌듯이 잡고 달려갔다. 워낙 발이 빨라, 끌려가는 일만으로도 우주의 달리기 실력이 좋아지는 것만 같았다.

이도가 앞머리를 펄럭거리며 뛰는 와중에도 우주를 향해 돌아보며 말했다.

"오늘 회장 오빠 미션 달리기 기대되지 않아?"

"뭔대?"

"듣기로는 무조건 뛰게 된다는데 누구를 파트너로 삼을지 다들 난리야."

우주는 처음 듣는 것처럼 데면데면하게 굴었지만 과연 이 시기에 학교의 가장 큰 화제였던 이벤트가 떠올랐다.

지정된 학급 구역에서 두 사람은 태현과 지나를 찾아 나란히 자리를 잡았다. 체육대회는 2학년의 박 터트리기로 시작됐다. 운동장 단상 위로 사회자 역할을 맡은 회장과 부회장, 체육 교사가 마이크를 쥐고 등장했다. 학생들 대부분은 한창 경기를 준비 중인 2학년들이 아닌 회장만을 바라보았다. 이도와 태현도 그 광경을 보며 대화를 나누었다.

"저 형한테 스토커가 붙었다면서?"

"나도 들었어. 만약 회장 선배가 오늘 파트너를 선택하면, 거의 공개 고백급일 텐데 그럼 스토커도 떨어지겠지. 누굴 고를지는 아무한테도 얘기하지 않았대."

"스토킹까지 할 정도면 회장 형이 누굴 좋아하든 계속 집착하지 않을까?"

"그럼 너무 끔찍한데."

"어쩌면 단순한 소문일지도 몰라. 심각한 수준이 아니니까 회장 형도 신고하지는 않는 걸지도?"

"나라면 무조건 경찰서 갔을 거야."

우주는 대화 속 주인공이자 체육대회를 능수능란하게 주도하는 회장을 바라보았다. 우주가 관심을 둘 이유는 딱히 없는 상대였다.

회장은 인기인의 조건을 모두 갖췄다. 예컨대 큰 키와 유복한 집안, 고위직 직업을 가진 부모님 등 한두 가지가 아니었으니 나열해 봤자 입만 아플 뿐이었다. 화술에도 능숙해 얼핏 보면 연예인 지망생 같기도 했다. 성적은 전교 10등 정도로, SKY는 어렵지만 충분히 명문대에 갈 수 있는 재목이었다. 스토커가 붙었다는 소문이 퍼진 후에는 회장을 향한 연민까지 더해져 모두가 학교의 자랑인 회장을 지켜 주고 싶어 했다.

우주는 속으로 생각했다.

'불공평해……'

이도가 그런 우주의 시야 속에 불쑥 손을 내밀었다.

"굶지 말고 마셔."

학교에서 체육대회 기념으로 전교생에게 나눠 준 팩 우유와 과자였다. 입에 먹을 것이 들어가자, 고등학생 자아는 온데간데없이 사라지고 모두가 어린아이들처럼 헤벌쭉 웃으며 삼삼오오 모여 간식을 즐겼다.

지나가 우유 팩에 빨대를 거칠게 꽂으며 말했다.

"회장 오빠 스토커가 누군지 나는 알아."

이도는 빵을 우물거리느라 말할 입이 없었다. 태현만이 은근한 관심을 드러내며 대꾸했다.

"누군데?"

"빨간 뿔테 안경 낀 2학년 찐따."

"선배인데 찐따라니."

"할 짓 없이 남 스토킹이나 하고 다니는 사람이 찐따가 아니면 뭐야? 아니다, 내 실수야. 찐따라는 말도 아까워. 그냥 범죄자고 쓰레기지. 내가 다 짜증 나."

"왜 네가 열을 내냐? 그리고 스토킹이 진짜인지 아닌지 모르잖아? 지나야, 과잉 공감도 병이래."

냉정한 답에 화가 난 지나가 제 몫의 빵을 태현의 입안에다 쑤셔 넣었다. 그 힘이 어찌나 셌는지, 캑캑거리던 태현의 몸이 뒤로 기우뚱했다. 이도가 재빨리 넘어지려는 태현을 받치고 입안에 박힌 빵도 꺼냈다.

"안 먹을 거면 얘 입 말고 내 입에다 넣어 줘. 근데 듣기로는 그 빨간 뿔테 언니 부모님이 엄청 유명한 수학 교수라면서? 그래서인지 공부를 되게 잘한다던데 남 스토킹하고 다닐 시간이 있을까?"

"교통사고로 가족들 다 사라졌대! 할 수 있는 게 수학밖에 없으니 인생이 얼마나 결핍투성이겠어? 그래서 스토킹하면서 엉뚱한 방향으로 욕구를 채우는 거지. 너희도 은호 오빠를 걱정해야 해. 우리가 내년에 만들려고 준비 중인 사진부도 은호 오빠가 동아리 신청서 확인 안 해주면 어림도 없어. 알아?"

"너 회장 오빠 찍어서 만든 포토카드로 돈 벌려고 그러지?"

"아니거든."

"아니기는."

"내 순수한 사랑을 모욕하지 마."

이도와 지나가 티격태격하는 동안 태현은 기가 죽어 조용히 우유만 마셨다. 우주는 그들의 대화가 슬슬 신경 쓰였다.

투신 사건은 오늘의 체육대회 이후에 발생할 예정이었다. 목숨을 던진 사람이 바로 회장의 스토커라 거론되는 선배였다. 우주는 학교의 큰 행사인 체육대회를 한 번 더 경험하며 곧 깨질 평화에 불편함을 느꼈다. 투신 사건 후 동아리 활동 지원과 증빙이 까다로워지고, 체육대회 같은 단체 활동도 위축되어 학생끼리 교류할 기회가 대폭 줄어들게 된다.

'나랑은 관계없겠지?'

우주는 모든 기억을 가진 자신이 할 수 있는 일을 고민해 봤으나 딱히 떠오르는 것이 없었다. 투신한 선배가 한 살 위의 여학생이라는 것만 알 뿐, 소문에 귀 기울이지 않은 탓에 이름조차 알지 못했다. 사건 이후 행여 학교 이미지가 나빠질까 우려한 학교 측이 정보를 누설하고 다니는 학생들을 중징계하겠다고 엄포를 놓았다. 특히나 사진부원들처럼 주류 무리에서 한 발짝 떨어진 아이들에게는 더더욱 민감한 정보가 닿질 않았다.

'그렇다고 지금 그 언니한테 대뜸 자살하지 말라고 말할 수도 없으니까.'

우주는 플라스틱 빨대를 힘껏 빨며 차가운 우유를 입안 가득 채웠다.

방관하겠다고 마음먹었다기보다는, 할 수 있는 일이 없는 입장임을 누구보다 잘 아는 데서 오는 자기객관적 판단이었다. 물보다 진한 액체가 목 아래로 넘어가는 와중에도 단상 위 비극을 모르는 회장은 체육대회를 진행하느라 바빴다.

우주는 사실, 사건을 막을 방법을 누군가 알려 준다면 행동하고 싶은 의사가 있기는 했다. 그 사건 때문에 다음 달이면 수업 대신 배구 경기를 참관하는 날이 생기는데, 어떤 연관이 있는지는 몰라도 그날 이후로 이도가 눈에 띄게 우울해지므로 이도를 위해서라도 사건을 막아 보고 싶은 마음이 컸다.

우주는 아무것도 모른 채 장난치느라 바쁜 과거 시간선의 친구들을 한참 바라보았다.

*

피구는 우주에게 언제 해도 싫은 종목이었다. 공을 사람에게 던져서 맞추다니. 야만적이었다. 심지어는 아웃되면 자유의 몸이 되는 것도 아니고 재빨리 공격 진영으로 가서 상대를 몰살할 때까지 버텨야 한다는 룰이 우주가 느끼기엔 꼭 작은 전쟁 같았다.

이도는 이리저리 움직이며 몸을 풀었다. 우주도 찌뿌둥한 허리를 퉁퉁 두드리며 억지로 경기장 안에 섰다. 하고 싶지 않았지만, 학급 대항전이라 전체 인원이 참가하는 경기였다. 이래저래 핑계를 대면서 빠질 수는 있겠으나 그랬다가는 목소리가 큰 데다가 이해하기 어려울 정도로 승부욕에 불타는 아이들에게 결원으로 인해 불리해졌다는 핀잔을 들을 게 뻔했다.

"꼭 이기자!"

하필이면 이도도 승부욕이 센 쪽이었다.

심판을 맡은 선배가 호루라기를 불자 피구공이 공중으로 튀어 올랐다. 양 팀에서 가장 키가 큰 두 학생이 지상으로부터 날아올라 서로의 구역을 향해 공을 강타했다. 뻣뻣하던 학생들도 공에 얻어맞지 않으려 발끝까지 민첩함을 실어 공을 피했다. 친하지 않은 아이들 근처에 있기는 싫으니 우주는 이도 근처에서만 얼쩡거렸는데, 태현과 지나까지 따라오는 바람에 의도치 않게 한 무리로 뭉쳐져 공격 타깃이 됐다. 우주는 온몸의 근육이 팽팽히 수축하는 감각을 느꼈다. 반드시 한 번은 맞게 될 것을 알고 있으면서 그게 언제일지 모를 때 느끼는 초조함. 롤러코스터 하강 직전의 순간처럼 우주가 침을 꿀꺽 삼켰다.

"내 쪽으로 패스!"

이럴 때 이도는 도움이 안 됐다. 평소에는 우주와 다를 바 없는 아웃사이더인데, 체육만 하면 외향적으로 변했다. 감춰진 공격 성향을 마음껏 드러내며 공을 받고, 던지고, 또 받고, 던졌다. 두 발로 날아다니다시피 하는 이도는 그간의 스트레스를 훌훌 벗어던진 자연인 같았다. 당연히 우주가 있는 쪽으로도 공은 여러 번 날아왔다. 태현과 지나는 천적을 만난 까마귀 소리를 내며 도망 다니다 사이좋게 등판을 강타당했다.

아웃되는 둘을 바라보며 차라리 자신도 함께 아웃되길 바라던 중에 상대 팀에서 우주 쪽으로 강속구를 던졌다. 공이 다가오는 걸 알면 민첩하게 도망가야 했지만 돌진하는 구체를 목격하니 심장이 오그라들어 몸이 움직이질 않았다. 우주의 코앞까지 다가온 피구 공이 집채만큼 커다래졌다.

우주가 비명을 지르고는 눈을 질끈 감았다. 그 순간 이도가 앞으로 다가온 공을 두 손으로 잡았다.

"머리 망가지면 안 되니까 내 뒤에 있어."

공을 잡자마자 이도는 공격 태세를 갖췄다. 재빠르게 내던져 상대 팀 두 명을 아웃시켰다. 우주는 놀란 속을 진정시키며 계속 이도 뒤에 숨어 다녔다. 이도의 등을 보며 우주는 이도를 처음 알았을 때의 느낌을 회상했다.

둘은 중학교 1학년 때부터 친구였고, 그때도 이도는 체육을 좋아했다. 멋대로 기른 머리와 품이 널널한 후드집업, 피부처럼 입고 다니는 체육복. 그렇다고 만화 속에 나오는 체육부장처럼 털털한가 싶으면 또 그렇지만은 않은. 섬세하고 다정한 면이 있어 어떤 때는 새하얀 프릴 원피스를 입은 모습을 상상하게 만드는 여자아이였다. 그런 이도의 뒤에 있으면 우주는 웬만한 공은 다 피할 수가 있었다. 아무리 강속구가 날아와도, 세상에서 아웃되지 않았다.

"곧 그날인가. 왜 배가 아프지?"

한창 수비와 공격을 반복하던 이도가 숨을 고르며 복부를 움켜잡았다. 우주와 생리 주기가 비슷했으므로 우주는 이도 또한 컨디션이 좋지 않다는 걸 퍼뜩 알아차렸다. 그때 또 공이 날아왔다. 이도의 시선이 배를 향하고 있어 맞을 게 뻔했다.

"조심해!"

우주가 얼떨결에 팔을 뻗어 날아오는 공을 어깨로 받아 냈다.

"1반 한 명 아웃!"

피구 공은 자신에게 다가올 때는 무섭지만, 남에게 날아가는 걸 보면 별로 무섭지가 않았다. 우주는 퇴장하면서 이도에게 오래 살아남으라는 의미로 엄지를 치켜세웠다. 이도를 살리고 나가는 우주의 발걸음이 무척 가벼웠다. 단지 바라던 대로 일찍 아웃돼서만은 아니었다. 우주는 마음 편히 태현과 지나

사이로 가 자리를 지키고 섰다. 공격을 하는 둥 마는 둥 시간을 죽이자 경기는 금세 끝났다. 우주네 반의 승리였다.

그다음 차례는 모두가 고대하던 미션 달리기였다. 각 반에서 달리기 주자로 선발된 학생들이 미션지를 받아 미션에 쓰인 대상을 빨리 데려오면 이기는 시합이었다. 우주네 반 대표는 네 명이었는데 이 중에는 이도도 포함되었다. 평소에 학급생들은 사진부원들에게 관심도 없었지만, 이럴 때는 이도의 운동신경을 십분 이용하려 했다. 1학년과 2학년이 동시에 겨루는 전체 시합이라 심판은 체육 교사가 맡았다. 신호탄이 울리자 각 반의 주자가 일제히 단상으로 가 미션지를 받아 펼쳤다.

태현과 지나, 우주는 태평하게 앉아 상황을 구경했다.

"저기 봐. 회장 선배 뛴다, 뛴다!"

"진짜 좋아하는 사람 데려오기가 미션일까?"

"이게 체육대회야? 고백대회야?"

그 순간 한 선배가 다가와 태현에게 손을 뻗었다. 그러자 반 아이들의 이목이 태현에게로 집중됐다. 같이 가자고 호소하는 선배 얼굴에 다급함이 가득했다.

"네? 저요? 저 아세요?"

"그냥 빨리 가."

태현은 어리둥절해하면서도 이미 두 다리를 움직이고 있었다. 환호 소리가 커졌다. 지나는 낯선 선배에게 간택받은 태현을 향해 무슨 행운이냐며 박수를 쳐 줬다. 홈런을 본 야구 관중처럼 함성까지 지르는 폼이 진정으로 즐거워하는 듯 보였다. 소금쟁이처럼 엉거주춤한 채로 뛰어가는 태현의 모습에 모두가 웃음을 터트렸다. 그때 물끄러미 보고 있던 우주의 손목도 누군가 움켜잡았다.

이도였다.

"뛸 수 있겠어?"

"난 달리기 못해!"

"너 말고 같이 뛸 사람이 없어."

우주는 잘못 팔리기 직전의 상품처럼 갈까 말까 망설였다. 반 아이들이 옆 반 주자들은 이미 떠났다며 이러다 순위권을 놓치겠다고 우주를 채근했다. 지나도 등수를 사수하라고 우주를 떠밀었다. 결국 우주는 이도의 손을 잡고 일어났다.

"미션이 뭔데 날 선택해?"

"친해지고 싶은 친구 데려오래."

"지나가 나보다 잘 뛰잖아."

"난 네가 더 편해."

달리는 동안 우주는 운동장이 유독 넓게 느껴졌다. 숨이 턱 끝까지 차올라서야 겨우 골인 지점에 도착했다. 옆의 2학년 구역에서 우레 같은 함성이 들려왔다. 고개를 돌려 살피니 오늘의 주인공인 회장이 누군가에게 손을 내밀고 있었다.

"저 선배한테 갔다고?"

학생회장이 선택한 상대는 빨간 뿔테를 낀 동급생이었다. 사람들의 입에 오르내리던 그 스토커 선배. 하지만 이목의 주인공이 손사래를 치며 회장의 달리기 제안을 거절했다. 쏟아지던 함성이 야유로 바뀌었다. 이미 단상에 도착한 주자들도 웅성거림을 보탰다.

"왜 스토커를 선택한 거지?"

"본보기를 보여주는 거 아니야? 그렇게 쫓아다니고 싶으면 모두가 보는 앞에서 자신 있게 손을 잡아 보란 도발이지. 이제 우리 학교에서 저 스토커 언니 얼굴 모르는 사람 아무도 없겠네!"

지켜보던 1학년들도 야유에 동참했다. 더 거절하면 모두가 무안해질 상황인데도 소문의 스토커는 끝내 회장을 거절했다. 회장이 부끄러워하며 인근의 부회장에게 손을 다시 내밀었다.

"저건 거절당해도 회장이 이긴 거야. 진짜 대인배에 강철 멘탈이다. 스토커에게 우아하게 한 방 먹였어."

"해랑고 아이돌의 품위야."

회장의 선택은 스토커에게 공개적으로 경고를 보내는 영리

함 정도로 해석됐다. 그도 그럴 것이, 음침하게 남을 스토킹하는 사람이라면 진짜 기회를 줘도 제 발이 저려 잡질 못하는 법. 회장이 그것을 알고, 떳떳하다면 당장 손을 잡아 보라며 시험에 들게 한 것이라는 이상한 해석이 여기저기서 기정사실처럼 번져 갔다.

스토커는 폭력적으로 쏟아지는 시선을 더 견딜 수 없었는지 자리를 떴다. 야유 소리는 그녀가 건물 안으로 사라질 때까지 계속해서 커져만 갔다.

"아냐. 저건 회장이 보내는 용서 시그널일지도 몰라."

"용서?"

"일반적인 친구로 생각해 줄 테니 인제 그만 괴롭히라는 넓은 아량 같은 거. 저 스토커는 수학만 잡고 사느라 사회성도 없는데 불쌍하잖아."

학생들이 저마다 판단을 덧붙이며 상황을 즐겼다. 어떤 가정이든 빨간 뿔테 스토커를 향한 호의적인 평가는 없었다. 이도와 우주는 이마의 땀을 닦는 척하며 입에서 입으로 전해지는 출처 불명의 소식을 주워들었다.

"그래도 수학 하나는 교내에서 탑급으로 잘하니까 경시대회에 도움을 받으려는 회장의 큰 그림일지도? 둘 다 수시 준비하느라 경시대회에 나간다잖아."

"솔직히 수학 잘하는 스토커인 점이 더 끔찍하지 않냐? 뭔가 광기가 느껴져. 음침해."
"그건 좀 오버다."
"뭐가 됐든 싫어!"
미션 달리기가 끝나고도 몇 가지 경기가 남아 있었다. 어느 경기에도 나가지 않는 우주는 대회가 끝나기만을 기다리며 자리를 지켰다. 이도가 계주를 뛰는 동안에 태현, 지나도 함께 응원했다. 시간이 제법 빠르게 흘렀지만 우주는 속으로 이도와 집에 가고 싶다는 생각만 반복했다. 틈틈이 손거울을 보며 땋은 머리가 망가지지 않았는지 살피는 동안 우주의 마음이 조금씩 부풀었다.
엉덩이가 축축해졌단 느낌이 들었을 때, 배가 아파 왔다.

*

체육대회가 끝날 무렵 우주는 결국 보건실로 향했다. 다행히 하체의 습기는 기분 탓이었을 뿐 생리는 아니었다. 그러나 하교 후 맘 편히 놀기 위해 진통제를 미리 먹기로 했다. 문을 여니 보건 교사가 누군가에게 약을 지급하고 있었다.
"지난번에도 말했지만 성분 때문에 두 알 이상 먹으면 졸음이 몰려오니까 한 알씩만 먹어야 해. 소문대로 다른 음료랑 먹어서도 절대 안 되고. 알겠지?"

"알겠어요."

"몸살이 잘 안 낫는 것 같아 걱정이네."

"걱정해 주셔서 감사해요."

빨간 뿔테 선배였다. 무성한 야유 속이 아닌, 조용한 공간에서의 그 선배는 소문만큼 음침해 보이지 않았다. 열이 조금 오른 듯 발그레한 뺨과 까맣고 긴 직모의 대비가 선명했다. 작은 콧대 위에 무심히 얹어진 빨간 안경은 수학 광인이라는 멸칭과 잘 어울리면서도, 조금은 귀여워 보였다.

"쉬고 갈 거니?"

"도서관에서 공부하려고요. 곧 서울시 경시대회가 있어요."

"체육대회 날에도 고생이네. 은호가 잘 챙겨 주고 있니?"

"네, 뭐."

"소문이 걱정돼서 그래. 왜 다른 아이들에게 말하지 않아? 안 믿어 줘서 그래?"

"선생님, 이거 드세요."

스토커가 대답을 피하듯 보건 교사에게 비타민 음료를 건넸다.

"나 챙기지 말고 너부터 챙기라니까."

처음은 아닌 듯 안쓰러워하는 얼굴로 나무라는 보건 교사의 반응이 우주는 낯설었다. 스토커는 어떤 말도 없이 옅게 웃고는 목례만 남기고 보건실을 나갔다. 다른 학생들과 달리 자신을 비난하지 않는 사람에게 도움을 요청하기는커녕 무엇도 바라지 않겠다는 그 어른스러운 태도가 왠지 쓸쓸해 보였다. 우주의 곁을 지나치는 발걸음에는 스토커라는 호칭과 어울리지 않게 일말의 수치심도 없었다.
보건 교사가 뒤늦게 우주를 발견했다.
"너는 어디가 아파서 왔어?"
"생리통약 받아 가려고요. 두 알 주세요."
"그래. 열이 나진 않지?"
"진통제면 돼요."
보건 교사는 선배에게 받은 비타민 음료를 한켠으로 치우고선 약품함에서 진통제 두 알을 꺼내 온수와 함께 내밀었다. 우주는 지급 대장에 내역을 써넣으려고 볼펜을 쥐었다. 방금 곁을 지나간 스토커 선배의 이름은 '임수진'이었다. 1년 전엔 보건실을 나서면서 잊었던 이름이다. 하지만 이렇게 한 번 더 보니 이제 쉽게 잊히지 않을 듯했다.
'이 언니가 미래에 그런 선택을…… 혹시 오늘 달리기 시합에서 공개적으로 지목받은 일이 도화선이 되는 걸까?'

우주가 수진의 옆모습을 곱씹으며 지금 대장 기입을 끝마치려던 찰나 기록이 눈에 들어왔다. 수령자가 임수진인 내역은 하나가 아니었다. 우주가 의아해하며 물었다.

"아까 그 언니 혹시 코로나예요?"

그 말쑥한 목소리에 보건 교사가 손사래를 치고는, 수진에게 건네고 남은 해열제를 정리했다.

"몸살이 자주 나는 체질이라 같은 약을 여러 번 받아 가는 것뿐이야."

"그렇게 큰 알약을요?"

"물에 금방 녹아서 괜찮아."

우주는 체구가 작은 수진이 커다란 알약을 먹는 모습을 상상하려다 얼른 생각을 떨쳐 냈다. 도서관으로 쫓아가서 죽지 말라고 부탁할 수 있는 것도 아니니 어쩔 수 없는 일에 신경을 더 쓰고 싶지 않았다. 교사는 약품함을 닫으며 혼잣말했다.

"약에 관한 소문이 사실이 아니어야 할 텐데."

그때 우주는 문득 떠올렸다. 투신자가 사망 당시 약물을 과다 복용한 상태였다는 사실을.

*

둘이 먹기에 엽떡은 양이 많았다. 이도는 지나와 태현에 비해 자신은 소식가라는 평가를 반복했다. 와중에도 떡을 씹었다. 쫀득거리는 식감을 한껏 즐기는 중이었다.

"부족하게 먹는 것보다는 낫지."

"그건 그래. 우리 둘 다 생리 전에 매운 음식 당기는 게 똑같아서 좋아."

우주와 이도는 앞접시 가득 떡볶이와 어묵을 덜었다. 입술이 부풀어 오를 정도로 매웠으나 혼이 쏙 빠지는 얼얼함이 오히려 반가웠다. 보고 느낀 것들을 고민할 마음마저 싹 잊히는 통증이었다.

좋아하기만 할 뿐 매운 걸 잘 먹지는 못하는 이도가 음료 두 잔을 연거푸 들이켰다. 액체로 배를 채우면 떡볶이를 많이 못 먹지 않냐는 핀잔을 우주는 혀끝에다 매달았다가 삼켰다. 땀을 뻘뻘 흘리는 이도가 우주의 눈에는 여름날의 강아지처럼 귀여워 보였다.

"이도야, 떡볶이 다 먹으면 이것도 챙겨 먹어."

"웬 약이야?"

"너도 PMS 심하잖아. 보건실 갔을 때 네 몫도 챙겨 왔지."

"역시 나 챙겨 주는 건 우주밖에 없어!"

이도는 떡볶이를 씹으면서도 야식으론 무얼 먹으면 좋겠냐는 이야기를 재잘거렸다. 한 손에 휴대폰을 들고 배달 앱을 훑고, 다른 손으로는 얼굴 옆으로 내려오는 머리를 귀 뒤로 꽂아 대느라 한시도 가만있질 못했다. 입가에 빨간 양념이 묻은 줄도 모른 채 식사와 대화 중 어느 것도 놓지 못하는 모습이 천진난만해 보였다.

평상시에는 언니처럼 굴면서도 좋아하는 것들을 말하는 이도의 모습은 한참 어린 동생 같기만 했다. 그런 이도가 무언가를 떠올렸는지 휴대폰을 바닥에 엎었다.

"우주야, 오늘 내가 소원 하나 들어줄게."

"소원?"

"피구 경기에서 나 살려 줬잖아. 덕분에 우리 반이 이겼고."

"너는 날 더 많이 살려 줬잖아."

"나는 체육을 잘하니까 당연한 거고 넌 공을 무서워하는 데도 날 지켜 준 거니까 소원 하나 정돈 들어줘야지. 뭐 할래? 엽떡 값 계산? 아니면 야식 쏘기?"

이도는 피구 경기에서 받은 도움을 보은하고 싶어 했다. 우주는 자신에게 뭔가를 해 주고 싶어 하는 우주의 마음이 어떤 소원보다도 고마웠다. 이도의 윗입술에 찍힌 작은 점이, 웃을 때마다 재치 있게 움직였다.

그 밝은 모습에 우주는 문득 노파심이 들었다.

"이도야, 너 괜찮아?"

"뭐가?"

"요즘 들어 우울하다며."

이날 이도가 우주와 같이 있고 싶다고 한 이유는 분명 고민 상담이었다.

우주는 이도가 오래전부터 누군가를 좋아하고 있음을 짐작했다. 이도의 입으로 직접 듣지는 못했지만, 그 상대가 자신과 매우 가까운 사람이라는 사실도 눈치챈 상태였다. 사진부를 만들자는 목표 아래에 매주 함께 출사를 다니며 누군가와 마음의 거리를 좁혀 가려 애쓰는 이도의 간절함이 우주에게는 훤히 보였다. 그것이 이도에겐 시험 준비보다 더 소중하다는 사실도.

우주는 이도가 부쩍 우울해진 이유도 알 것 같았다. 얼마 전 태현에게 다른 반 친구인 현지를 소개해 준 후부터였으니까. 하지만 소중한 친구의 마음을 넘겨짚고 싶지 않았기에, 또한 그 추측이 틀리길 바랐기에 자신의 생각에 감히 확신이라는 도장을 찍지 않았다. 이맘때의 이도는 우주에게 짝사랑 사실을 털어놓진 못한 채 여태껏 해 온 일이 모두 물거품이 될지 모른다는 불안에 시달렸다. 우주에게 누군가와 메시지를 길게 이어 나가려면 무슨 말을 하면 좋냐고 종종 물으며 걱정하곤 했는데, 그때마다 이도는 부쩍 풀이 죽어 있었다.

"오늘은 그냥 놀자. 나 인생네컷 찍고 싶어."

"정말 괜찮아?"

"어제까지 우울했어도 오늘은 너랑 있잖아. 그럼 난 아무것도 고민할 게 없어."

이도는 계주에서 MVP 역할을 톡톡히 해낸 일로 기운을 충전했는지 시종일관 명랑했다. 우주는 이도가 아무리 의기소침해져도 땅굴을 파고 들어가는 모습까지 보지는 못했다. 우주는 이도의 그런 씩씩함이 부러웠고, 한편으로는 동경했다. 고민거리가 잘 해결되지 않더라도 아무렇지 않게 웃어넘기는 친구의 성품이 소중하게 느껴졌다. 그 의연함이 얼마나 깊은 곳에서 우러나오는 마음인지 공감이 가, 하루빨리 이도가 우울감에서 벗어나길 바랐다.

"이도야, 나랑 있으면 너도 마음이 편해져?"

"세상에서 제일 편해."

우주의 입꼬리가 조금 올라갔다. 이도의 고민 상대가 어쩌면 자신이 추측하는 태현이 아닐지도 모른다는 생각이 들었다. 상대가 좋아하는 사람을 검은 실루엣으로 상상하며 그 형태에 자기 모습을 덧붙여 보았다. 입안에서 씹히는 떡볶이의 매운맛을 전혀 느낄 수가 없었다.

"우주야, 이 지점 엽떡은 진짜 맵다. 안 그래?"

"난 달기만 한데."

"이게 달다고? 미쳤나 봐."

"얼마든지 더 먹을 수 있어. 이런 맛이라면."

배를 채운 둘은 팔짱을 낀 채로 가게를 나섰다. 이도가 아예 우주의 팔을 끌어안다시피 하며 이끌 때 우주는 이도의 몸에서 비릿한 땀 냄새를 맡았다. 체육대회 때 만들어진 열기가 채 가시지 않은 이도의 육체는 우주의 몸보다 훨씬 뜨거웠다. 떡볶이를 먹고 미묘하게 더 붉어진 이도의 뺨을 우주는 다른 이유로 해석하고 싶었다.

"우주야, 아까 너 보건실 간 뒤에 지나가 해 준 말인데, 2학년 언니들이 그 스토커 벼르고 있대."

"회장 선배 대신 혼내 주려나 보네."

"듣기로는 그 언니가 회장 선배한테 이상한 약도 권했다는데 진짜일까? 나도 그 언니가 되게 이상하다고 소문대로 생각했었는데 오늘 미션 달리기 하면서 얼굴을 보니까 마음이 좀 짠해지더라. 생각해 보면, 태현이 말대로 스토킹이 맞는지 아닌지 증거도 없는데 소문만 무성해. 지나는 철석같이 믿고 펄쩍펄쩍 뛰었지만 말이야."

어느새 인생네컷 매장에 도착해 이도는 우주의 땋은 머리와 잘 어울리는 헤어장식부터 골랐다. 매장 안은 한 부스를 제외하곤 손님이 없어 텅 비었다.

"너는 그 언니 편을 들어 주고 싶은 거야?"

이도가 당차게 받아쳤다.

"그냥 좋아할 수도 있는 거잖아. 존재감 없는 사람들은 잘나고 멋진 사람 좋아하면 안 돼? 사람이 사람을 좋아하는데 그게 뭐가 문제야."

그 말을 들은 우주는 왠지 모를 고마움을 느꼈다. 고개를 끄덕이며 이도의 말이 백번 맞다고 공감했다.

둘은 부스 안에서 여러 포즈를 연습했다. 인터넷에서 검색한 2인 포즈를 어색하게 흉내 낼 때마다 서로의 모습이 우스워 민망한 웃음이 터져 나왔다. 이도가 마음에 들어 한 포즈는 오타쿠 하트 포즈였다. 우주가 장단에 맞춰 준답시고 손가락을 이리저리 움직였다.

"그럼 내가 반쪽 하트할 테니까 네가 엄지척 해."

"좋아."

둘은 세 가지 포즈를 더해 인생네컷을 완성했다. 단둘이서는 처음 찍는 사진이었다. 출력된 사진은 각자 가방에 넣고, 큐알코드를 스캔해 다운받은 사진으로 메신저 프로필을 바꾸었다. 우주는 사진부 친구들이 둘의 관계를 질투했으면 좋겠다고 바라면서도 자신의 유치함에 마음이 퍽 서글퍼졌다. 1년 전으로 돌아왔으나 상황은 조금도 변하질 않았다.

그때 다른 부스에서 먼저 사진을 찍고 있던 커플이 나왔다. 손을 잡은 두 남자였다. 그들은 이도, 우주와 눈이 마주쳐도 개의치 않아 하며 거울을 보았다. 서로의 앞머리를 정돈해 주는 모습이 다정했다. 이후 두 남자는 손을 잡은 채로 가게를 나갔다. 우주는 벽면의 거울로 이도의 힐끔거리는 눈을 보았다.

"우리도 손잡을래?"

우주가 쑥스러움을 무릅쓰고 이도에게 제안했다. 그러나 이도는 답 없이 어깨만 부르르 떨고선 우주와 팔짱을 꼈다.

✱

집에 도착한 뒤 우주는 이도에게 여분의 잠옷을 건넸다. 이도는 고개를 이리저리 돌리며 실내를 살피느라 바빴다.

"너희 집 대박 넓다. 여기 살고 싶어."

"같이 살면 좋겠다."

"나도 엄마 아빠 맞벌이라 혼자 지내는 날이 많은데 그때마다 놀러 와도 돼?"

이도가 우주에게 한껏 엉겨 붙으며 새끼 고양이처럼 아양을 떨었다. 실제로 보드라운 털이 코끝을 간지럽히는 것 같아서 우주는 수줍은 듯 미소만 지었다. 그럴수록 이도는 더욱더 바짝 붙어 자주 놀러 오는 일을 허락하라며 우주의 답을 재촉했다. 허물없는 장난에 우주는 못 이긴 척 오고 싶을 때는 언제든지 오라 대꾸했다. 물론 진심이었다.

본격적인 영화 감상을 앞두고 우주가 잘 마른 수건 한 장을 건네며 말했다.

"이도 너 먼저 씻어."

어느덧 저녁 8시였다. 이도가 서운한 표정으로 대꾸했다.

"따로 씻는 시간 아까운데 같이 씻을래?"

"같이 씻자고?"

"지금부터 영화 봐도 10시 30분에 끝나는데 둘이 따로 씻으면 최소 한 시간은 더 걸리잖아. 너희 집에 처음 놀러 왔는데 시간이 아깝단 말이야."

"난 너랑 목욕탕도 같이 간 적이 없는……."

"나는 괜찮은데. 혹시 넌 나 불편해?"

알고 있던 제안이었지만 우주는 1년 전과 똑같이 당황한 나머지 아랫입술만 깨물었다. 매운 떡볶이를 소화하느라 몸이 고됐던 걸까. 몸 전체에 열이 올랐다. 이도가 재차 졸랐다.

"뱃살 걱정이라면 나도 많아!"

이도는 자신의 아랫배를 잡아 흔들었다. 우주가 이도보다 더 마른 편이었지만 뱃살이 있어도 이도의 몸은 탄탄해 보였다. 이도가 원한다면 상의를 들춰 이도의 복부가 얼마나 매끈하고 건강한지 설명해 줄 수 있었다. 어디가 아랫배고, 어디가 윗배고, 어디가 허리고, 그 위의 것을 만지면 어떤 느낌이 드는지도 알려 줄 수 있었다.

"안 불편해."

"그럼 같이 씻자!"

이도가 기뻐하며 재빠르게 옷을 벗었다.

둘은 샤워기가 뿜어 대는 비를 맞으며 좁은 공간에 나란히 섰다. 이도는 어린 시절 동네 친구들과 자주 목욕탕에 다녀 봤기에 나체로 친구를 마주해도 전혀 부끄럽지 않다고 천연덕스럽게 말했다. 우주 또한 말해 주고 싶었다. 자신도 동네 친구들과 목욕탕 정도는 당연히 가 봤고, 그들에게는 부끄러움을 느끼지 않았다고. 이도는 아침에 정성스레 땋아놨던 우주의 머리카락을 풀고 온수를 뿌렸다. 샴푸 거품으로 두피를 마사지하고, 보디워시로는 등을 닦아 줬다. 우주는 손톱을 깨물지 않도록 애를 써야만 했다. 불시에 배꼽 안을 찔린 것 같은 느낌이 내내 가시질 않았다.

1년 전에 겪었던 일인데도 처음 겪는 듯 생경함을 떨치지 못했다. 너무나 낯선 감각에 이 순간이 정말 처음처럼 느껴졌다. 우주와 함께 맞는 따뜻한 물줄기에 모든 기억이 다 씻겨 나간 게 아닐까 싶었다.

둘은 젖은 머리를 툴툴 털며 샤워를 마쳤다. 우주는 영화를 재생하기 위해 노트북을 챙겨 왔다. 이도가 팝콘 과자를 먹으며, 우주에게 머리를 기댔다.

"같이 영화 보니까 너무 좋다. 로맨스 영화랬지?"

둘의 정수리에서는 같은 샴푸 향이 풍겼고, 잠옷 속의 살결도 마찬가지였다.

"응. 삼각관계 영화래."

이도가 숨을 두어 번 쉬고는 뜸을 들였다. 그 망설임으로 대화의 분위기가 달라졌다. 우주는 이도가 무슨 말을 할지 알면서도 모르는 척 스페이스바를 눌러 영상을 일시정지했다.

"우주야, 너도 누군가 짝사랑해 본 적 있어?"

우주가 손에 쥔 팝콘을 먹으려다 내려놓았다. 대신 이도의 입속에 넣어 주었다.

"있지. 엄청 친한 친구."

이도는 입안에 들어온 팝콘을 천천히 씹으며 대화를 이어 갔다.

"친한 친구 좋아하면, 오히려 더 힘든 것 같아."

"맞아. 매일 보니까 매일 고문 당해."

"하지만 쌍방이 된다면 행복하겠지? 매일 볼 수 있으니까."

이도도 우주의 입에 팝콘 하나를 넣어 주었다. 같은 팝콘인데도 우주의 것이 이도의 것보다 훨씬 더 달콤했다.

"그 상상으로 고문을 버티는 거야."

우주의 심박이 빨라졌다.

"너도 친한 친구에게 그런 감정을…… 느끼고 있어?"

이도가 사랑스러운 표정으로 피식거리며 답했다.

"글쎄."

그러고는 아예 우주를 향해 몸을 돌려 앉았다. 의뭉스러움이 가득한 눈빛이었다.

"넌 어떨 것 같아? 만약 친한 친구를 좋아한다면 고백할 수 있어?"

"나는……."

이도가 우주의 젖은 머리카락을 상냥하게 귀 뒤로 넘기며 독촉했다.

"그럼 고백을 받으면 어떨 것 같아? 사실 난, 내가 먼저 고백해 보고 싶거든. 상대만 상관없다면 말이야. 너도 좋아하는 남자애랑 커플이 되고 싶지 않아?"

우주는 몸이 굳는 것만 같았다. 피가 팽팽히 돌고, 심장이 터져 버릴 것 같이 뛰어 어떻게 해도 움직일 수가 없었다. 자신이 왜 이날로 돌아온 건지 조금은 알 것 같았다. 먼저 용기를 낸다면, 이도에게 남자가 아니어도 상관없다고 말할 수만 있다면, 정말로 어쩌면······.

이도는 그런 우주의 머뭇거림을 응시하다 무심히 고개를 돌렸다. 영화를 다시 볼 생각인지, 얘기를 그만하고 싶은 건지 스페이스바를 타격하는 손짓이 경쾌했다.

"근데 인생네컷에서 본 커플은 좀 그렇더라. 안 그래?"

그 후로 시간은 빠르게 흘렀다. 호평이 자자한 작품답게 서사는 흥미진진했다. 지루한 부분 없이 두 시간 반 동안 이도를 성실히 즐겁게 했다. 웃고 화내는 사이 팝콘은 바닥났다. 영화를 다 본 둘은 우주의 작은 침대 위에 나란히 누웠다. 그러고는 아침 해가 다가올 엄두도 못 낼 기세로 수다를 떨었다. 새벽 1시, 이도는 태현의 이야기를 했고, 새벽 2시, 선생님들 이야기도 하다가, 새벽 3시, 연예인 이야기도 좀 했다. 새벽 4시, 대화가 드문드문 끊길 때마다 이도에게서 힘을 뺀 숨소리가 났다. 우주가 돌아누워 살피니 이도는 이미 눈을 꼭 감고 단잠에 빠져 있었다.

우주는 그 얼굴을 보며 조금 울었다.

*

체념의 순간을 겪었는데도 우주는 현재로 돌아가질 않았다. 눈을 떴을 땐 여전히 과거였다. 돌아가는 방법이 정확히 무엇인지 몰랐기에 찜찜한 기분이었으나 둘은 같은 치약 냄새를 풍기며 평상시와 다름 없는 아침인 척 집을 나섰다.

등교하자마자 우주는 이도를 피하려고 동아리 활동을 핑계로 자연스레 곁에서 멀어졌다. 해당 시간선에선 사진부가 아직 없었고, 1학년 우주는 도서부 소속이었다. 도서부에서는 한 달에 한 번 대청소를 했는데, 그 시간은 봉사 시간으로 인정받을 수 있었다.

우주는 봉사 시간을 채워야 한다면서 쉬는 시간마다 도서관으로 도망쳐 책들 사이의 먼지를 털고 장서를 정리했다. 체육대회 다음 날이라 다들 여흥이 남은 건지 점심시간에도 도서관을 찾는 이가 없었다. 마침 사서 선생님도 자리를 비웠기에 도서관에는 우주 혼자였다.

이도가 없는 곳에서도 이도 생각이 났지만, 살아 있는 이도를 보는 일보다 그저 상상에만 머무는 이도와 어울리는 일이 더 나았다. 그쪽이 더 안전하달까. 우주는 씁쓸함을 털어 내듯 먼지를 털었다.

적막함 속에서 홀로 상황을 정리해 보았다. 이도가 우주보다 먼저 과거의 시간선으로 떠났지만 시간 여행이 끝나고 현재로 돌아왔을 때 사진부원들의 관계는 아무것도 바뀐 게 없었다. 한 번 하지 못한 일은 시간을 바꾸어도 해낼 수가 없다는 누군가의 말처럼. 분명 짝사랑을 이룰 확률이 가장 높은 날이라고 했으나 우주가 느끼기에 어제는 오히려 짝사랑을 망칠 확률이 가장 높은 날 같았다.

애꿎은 고서의 표지를 벅벅 닦는 걸로 우주는 은근히 화풀이했다. 책에는 죄가 없다는 사실을 아는데도 손가락 힘이 빠지질 않았다. 주변 친구들한테는 큰 소리 한번 내지 못하고 늘 어리숙하게 굴면서 엉뚱한 데에 성질을 부리는 자신이 초라했다.

그때 앞쪽 책장 너머로 대화 소리가 들렸다.

"너에 관해서 아무런 이야기도 안 하고 다닐 테니까 작작 좀 해."

고서가 위치한 서재 칸은 넓은 도서관의 끄트머리로 빛과 먼지만 가득한 구역이었다. 우주는 책에다 화를 풀던 모습을 들킬까 봐 입을 막고 없는 체했다.

짜증과 회유가 얽히고설킨 대화가 점점 더 크게 들려왔다.

"수진아, 어제 일은 공개적으로 망신을 주려고 한 게 아니니까 마음 풀어."

"신경 안 쓴다니까? 난 책 찾을 거니까 돌아가."

"이런 낡은 책 중에 수학책도 있어?"

"없다면 돌아갈 거고, 있다면 남을 거니? 제발 가. 더 넘길 해열제도 없으니까."

"또 받아오면 되잖아."

"이제 보건 선생님도 슬슬 눈치를 채셨을 테니 그만해. 난 더 이상 그 약을 먹지도 않는단 말이야."

"네가 섞어 먹었다는 사실은 변함이 없는걸?"

"그건 다 너 때문에!"

우주가 책 틈 사이로 둘을 훔쳐봤다. 빨간 뿔테의 스토커와 학생회장이었다.

"수진아, 난 네가 이렇게까지 적대적으로 구는 게 이해가 안 돼. 우리, 같은 처지 아니야? 약쟁이가 경시대회에 나가서 상 받았다는 걸 알면 과거 수상 이력도 취소되지 않겠어?"

"네가 억지로 먹였잖아."

"내가 어떻게 억지로 먹여. 네가 궁금해서 먹은 거지."

"개소리 하지 말고 좀 꺼져!"

"너는 날 너무 무시해. 내가 너에게 호의를 먼저 보여 줬는데도."

수진이 손으로 회장의 가슴께를 꾹꾹 밀었다.

"그딴 호의 네 옆구리에나 끼고 살아. 루저 새끼."

둘은 서로를 죽일 듯이 노려봤다. 먼저 백기를 든 쪽은 수진이었다. 안경을 한 번 추켜올리고는, 진절머리를 치며 자리를 떠났다. 우주는 혼자 남은 회장이 나지막이 읊조리는 것을 들었다.

"개 같은 년."

우주는 고개를 갸웃거렸다. 방금 본 둘의 모습은 소문과 전혀 맞지 않았다. 분명 여자는 학교의 아이돌인 회장을 좋아해서 따라다니는 스토커이자 가해자였다. 그녀는 모두에게 미움받아 친구가 없었다. 그럼에도 회장은 인기에 걸맞은 넓은 아량으로 체육대회 중 스토커에게 먼저 다가가 손을 내밀었다. 하지만 좀 전 대화에서 스토커로 보이는 쪽은 오히려 회장이었다. 빨간 뿔테 선배가 회장을 좋게 생각하는 것 같지도 않았다.

우주는 사진부원들에게 희한한 명령을 내린 자율학습실의 귀신을 떠올렸다.

"여기서 뭐 해?"

회장이 책장 너머 우주를 발견하고 기습적으로 말을 걸었다. 아무 일도 없었다는 듯 평소처럼 온화했다.

"저, 도, 도서부라 청소를……."

"아아, 도서부구나. 3반의 샛별이가 부장이지?"

"맞아요."

"나 샛별이랑 친해."

회장이 어느덧 곁으로 와 책을 닦는 척 도왔다. 우주를 내려다보며 빙긋 웃는데, 그 웃음이 멀리서 보던 모습과는 딴판이었다.

"아까 내가 친구랑 한 얘기 들었어?"

1년 전 우주에게 분명 이런 일은 없었다. 그러고 보니 과거의 우주는 고서 칸까지 오지 않고 앞쪽 현대소설 칸에서 책장 청소를 마무리했었다. 자신도 모르는 이유로 우주는 18세의 기억을 가진 채 과거와는 조금 다른 경험을 하는 중이었다.

회장 또한 처음 보는 모습으로 우주의 대답을 기다렸다. 그 눈빛이 서늘했다.

"아무것도 못 들었어요."

"그래?"

"저는 이 책의 결말을 상상하느라 전혀 듣질 못했어요!"

우주가 회장의 의심을 없애기 위해 얼떨결에 책 한 권을 끄집어냈다.

"《고대 로마 대수학》을?"

하필 꺼내도 영 알지 못하는 책이었다. 회장이 황당하다는 투로 우주가 든 책을 이리저리 살폈다.

"고대 수학에도 결말이랄 게 있나?"

"고대 수학자들은⋯⋯ 리만가설을 어떻게⋯⋯ 결론지었나⋯⋯ 하고⋯⋯."

회장은 우주와 책을 번갈아 보며 잠시 고민하더니 이내 우주의 머리를 멋대로 쓰다듬었다.

"귀엽기는. 리만가설은 1859년에야 언급되는데 고대 수학자들이 알았을 리가 없잖아."

그러고선 우주가 들고 있던 책을 가져갔다. 그 손놀림이 자연스러워 뺏겼다기보다는 우주가 자발적으로 줬다는 착각이 들 정도였다.

"너도 수학에 관심이 있나 봐? 수학부 신규 가입을 막아 놓은 게 미안하네."

"아, 아뇨⋯⋯ 수학은 별로⋯⋯."

"아까는 그냥 경시대회를 준비하는 김에 수학을 잘하는 친구한테 팁 좀 물었을 뿐이야."

"그, 그렇군요!"

"떠들어서 미안해."

우주가 뻣뻣하게 손사래 치며 그의 사과에 반응했다. 회장은 안도한 듯 살짝 미소 짓더니 우주의 가슴팍을 빤히 쳐다봤다. 덩달아 우주도 고개를 숙여 자신을 살폈다. 목에 학생증이 걸려 있단 걸 그제야 깨달았다.

"1학년 소우주. 기억할게."

점심시간을 마치는 종소리와 함께 회장은 여유롭게 퇴장했다. 우주는 숨을 몰아쉬며 책장에 기대 흘러내리듯 그 자리에 주저앉았다.

분명 학생회장은 평판이 좋은 학생이었다. 누구에게나 친절하다는 말을 들었지만, 우주와 일대일로 대화를 나눈 남자는 시선에서부터 권위가 가득했다. 우주는 그와 대화를 나눌 때 동등한 학생이 아니라 케이지 속의 토끼가 된 기분이었다.

회장이 소속된 동아리는 유서 깊은 수학부였다. 실상은 '입시 주력반'이라 봐도 무방했다. 입학 전형을 위해 시도 단위의 큰 경시대회 입상을 대비하는 엘리트 모임. 회장은 수학부 부장이었으며 네다섯 명의 소수정예 회원들만 데리고 매일 새벽 자습반을 운영했다. 학교 측은 기꺼이 자율학습실 사용을 허가해 주었다. 학생 회장과 부회장, 경시대회 다크호스인 수진도 수학부 소속이었다.

우주의 추측 속에서 과거와 현재의 정보가 마구 뒤섞였다. 우주는 눈을 질끈 감고 주변 공기를 손으로 휘저었다. 타인의 인간관계까지 신경 쓰고 싶지는 않았다.

도서부 활동지에 청소 시간을 기재한 후 귀신의 집에서 도망치듯 교실로 왔다. 이도가 왜 이리 늦었냐며 우주를 반겼다. 우주는 자리에 앉아 얼른 교과서와 필기구를 꺼냈다. 이도가 그런 우주를 보며 선생님이 들어오는 와중에도 귓속말했다.

"우주야, 나 없는 점심시간도 재미있었어?"

"청소하고 왔어."

"난 너 없어서 너무 심심했어."

우주의 마음을 알 리 없는 이도는 아이처럼 장난을 쳤다. 가식 한 점 없는 그 행동이 온전히 진심이라는 사실은 오히려 우주의 마음을 움푹하게 팼다. 이대로는 현재로 돌아가도 괜찮지 않을 것 같았다.

수업이 시작되자 우주는 집중하는 척 노트에 낙서하는 이도를 훔쳐봤다. 이도 또한 자기 낙서를 가리키며 몰래 우주와 눈빛을 교환했다. 평온한 모습이었다. 언제나 둘은 이랬다. 우주 쪽에서만 찻잔 속 태풍처럼 혼란스러운 마음을 감출 뿐 겉보기엔 이상할 것이 전혀 없었다. 웃고, 웃어 주고, 친구라는 이름으로 지속되는 사이.

우주는 이제 좀 알 것 같았다. 초대장은 거짓말을 하지 않았다. 짝사랑이 이뤄질 확률이 가장 높은 과거. 우주는 그 조건이 틀린 말도, 맞는 말도 아니라는 결론을 내렸다. 우주가 짝사랑을 이룰 확률은 과거의 시간선에서 매일매일 같았다. 영 퍼센트. 언제로 회귀하든 그 확률은 제로였다. 초대장이 어떤 과거에다 우주를 떨어트리든 결국 상관이 없었다.

이도는 남한테는 착해도 우주에게는 나쁜 친구였다. 그런 이도와 연인이 될 수 없음을 한 번 더 곱씹게 하는 것으로 운명은 어쩌면 최선을 다해 우주가 단념하도록 배려해 주는 걸지도 몰랐다. 그럼에도 우주는 영 퍼센트의 확률 속 티끌만 한 희망을 바랐다. 불가능한 일임을 잘 알면서도, 좋아하는 마음을 멈추는 법은 전혀 알 수 없었다.

우주는 생각했다. 어쩌면 옆자리를 지키는 일로만 남겨 둘 때 욕심은 가장 아름다울지도 모르겠다고. 그렇다면 짝사랑에 기꺼이 중독되어 줄 수 있었다. 앞으로도 계속.

한숨을 내쉬고는, 다 체념한 듯 오늘 엿들은 대화를 이도에게 공유하려 했다.

"이도야, 나 아까 도서관에서 회장 오빠를 봤는데……."

순간 머리가 깨질 듯이 아파 왔다.

*

눈을 떴다. 우주의 시야에 들어찬 건 보건실 천장뿐이었다. 화들짝 놀라 곁의 커튼을 젖히니 보건 교사가 당황한 얼굴로 우주를 응시했다.

"악몽이라도 꿨니?"

"선생님, 혹시 제가 며칠을 잤나요?"

"며칠이랄 것까지야. 두 시간 잤어. 이도가 한 시간 전에 내려와서 네 상태를 보고는 담임 선생님에게 말해 둘 테니 한 시간 더 재우자고 했어. 오전부터 아팠다면서?"

"푹 쉬었더니 이제 괜찮아요……."

우주는 주술이 깃든 깊은 잠에서 깬 후 잔두통을 느꼈다. 머릿속에서 대북이 울리듯 큰 이명이 반복됐다. 보건실의 전경을 바라보며 1년 후 세상임을 상기하는 동안 고통은 차츰 사라졌다. 우주는 한 가지 확인해야 할 일을 떠올렸다.

교실로 복귀하기 전 보건 선생님에게 해열제를 부탁했다. 그러고는 의약품 지급 대장을 펼쳐 이름을 기재하는 척 종이를 빠르게 넘겼다.

"선생님, 혹시 작년 대장도 갖고 계세요?"

"갖고 있지. 왜?"

"제가 작년에 먹었던 약 중에 찾고 싶은 게 있는데 좀 볼 수 있을까요?"

보건 교사는 정리 중이던 문서 더미에서 작년 지급 대장을 꺼냈다. 우주는 1년 전의 체육대회 날짜로 페이지를 넘겼다.

꿈속에서 봤던 기록이 그대로 있었다. 2학년 3반 12번 임수진. 우주는 페이지를 좀 더 넘겨 그 후의 기록도 살폈다. 투신 사건이 발생했던 날 직전까지 수진이 동일한 약을 다회 지급받은 기록이 있었다.

"선생님, 혹시 같은 약을 한 사람이 다량으로 받기도 하나요?"

"자주 아팠던 학생 말고는 잘 없지. 그 학생에 대해서 네가 알 필요는 없지만……. 아참, 다량으로 사라진 적이 있구나."

"사라진 적이요?"

우주는 최대한 자연스러운 척 물었지만, 손가락으로는 눈여겨보는 페이지가 넘어가지 않도록 대장을 단단히 잡았다.

"지금 해열제 말고, 이전에 납품받던 해열제가 다량으로 도난당한 사건이 있었어. 너도 알겠지만 보건실은 학생들이 쉬는 공간이라 CCTV가 없거든. 회장이랑 부회장까지 나서서 샅샅이 뒤졌는데 못 찾았지. 그 약에 관한 나쁜 소문이 이미 돌고 있기도 해서 당시에는 큰일로 만들지 않으려고 조용히 넘어갔단다."

"그럼 지금 이 해열제는 아니란 거죠? 그 약이 어떻게 위험했는데요?"

"에이, 세상에는 모르는 게 약인 게 많아. 얼른 교실로 올라

가렴."

 원하는 설명은 듣지 못한 채 우주는 짧은 인사를 남기고 보건실을 나섰다. 반으로 올라가는 발걸음이 무거웠다. 비단 짝사랑에 실패해서만은 아니었다.

✽

 점심시간에 사진부원들은 운동장 구석의 벤치에 모였다. 우주의 안부를 가장 먼저 물은 사람은 이도였다.
 "별일 없었어?"
 손을 꼭 쥐며 걱정하는 이도에게 우주는 아무렇지 않다는 듯 고개를 끄덕였다.
 "별일 없었어."
 "두 시간이나 잠들어서 얼마나 걱정했는지 몰라."
 "그쪽의 하루가 대략 여기의 한 시간쯤 되나 봐. 난 이틀 머물고 왔어."
 "고백은 성공했고?"
 이도의 눈망울에 호기심이 가득했다. 태현과 지나도 답이 몹시 궁금한지 우주를 뚫어져라 바라봤다. 은근히 올라간 입꼬리가 귀여우면서도 얄미웠다. 운동장은 밥 먹는 시간까지 축구에

헌납하는 체육부원들이 점령하고 있었다. 그들의 발 구르는 소리가 사진부원들의 소심한 대화를 꼼꼼히 숨겼다.

"실패했어."

우주를 제외한 전원이 탄식했다. 이도와 우주 모두 실패한 거냐며 태현이 조롱 투로 이죽거렸다. 고백에 성공할 인재였다면 진작 커플이었을 거라고 놀려대는 태현의 머리 위로 이도의 꿀밤이 꽂혔다. 우주는 친구들을 향해 어깨를 잔뜩 수그려 분위기를 전환했다.

"지금까지 전부 실패했는데 이 초대장 의도가 뭘까."

"그러게. 짝사랑을 이룰 수 있게 도와주는 것도 아닌가 봐. 그런데도 우릴 왜 과거로 보내는 거지?"

"다른 꿍꿍이가 있다고 생각해."

"혹시 그 귀신이라면…… 역시 작년에 투신자살한 스토커 언니지?"

무서운 이야기를 좋아하지 않는 태현이 주먹으로 입을 가렸다.

"뭔 소리야!"

이도가 겁먹은 태현을 다독였고, 우주는 말을 이었다.

"나는 작년 체육대회 날로 갔거든? 거기서 이상한 걸 봤어. 그 죽은 언니, 회장의 스토커가 아니라 오히려 회장한테 괴롭

힘을 당한 것 같던데?"

우주가 과거에서 본 것을 상세히 설명했다. 그중 사진부원들 고개를 갸웃거리게 만든 건 해열제에 관한 이야기였다. 해당 약물은 특정 음료와 같이 복용하면 극심한 졸음을 일으키는 부작용이 있었다. 이를 이용해 몸을 나른하게 만들고자 약물을 남용한 학생들이 생겨났고, 중독 증세까지 보이자 수개월 뒤 각종 교육기관에서 해당 약물 취급을 불허했다. 수진이 투신한 원인 중 하나도 해당 해열제 과다 복용에 따른 심신 미약이었다. 경찰은 수진이 투신의 공포를 줄이고자 학교에서 자주 먹던 해열제를 일부러 다량 복용해 몽롱한 상태를 유지했다 추측했고, 당시 최초 신고자인 학생회장이 같은 내용을 증언하기도 했다.

지나가 황급히 이야기를 끊었다.

"네 말은 은호 오빠가 사건에 관여되어 있다는 거야? 헛소리하지 마."

우주는 지나의 반발에 움츠러들면서도, 제 의견을 분명히 밝혔다.

"이상한 지점이 있다는 거지."

"잃을 거 많은 은호 오빠가 뭐 하러 그런 언니랑 엮여? 그 오빠는 학교의 상징 같은 존재야."

"둘이 수학부였대."

"그걸 모르는 사람이 어디 있어?"

"죽은 언니가 수학을 훨씬 더 잘했으니까 경쟁심 때문에 죽인 거 아닐까?"

"요즘 세상에 성적 밀린다고 누가 살인을 저지르냐."

대화를 듣고 있던 이도가 머리를 긁적이며 끼어들었다.

"나도 과거에 들었던 말이 있어. 현지 알지? 작년에 은근히 따돌림을 당했잖아. 그게 회장 선배네 집에 문제가 있어서 새벽마다 수학부에서 약을 사탕 먹듯이 먹고 자는 모습을 봤다고 말해서 그런 거래. 죽은 언니가 투신했을 때 둘만 새벽에 학교에 있던 점도 이상하긴 했잖아."

그 말에 지나가 얼굴이 달아오를 정도로 화를 내며 자리에서 일어났다.

"은호 오빠는 조사를 받았고, 무고한 목격자라는 결론도 이미 나왔어! 두 사람이 새벽에 학교에 있었던 건 수학부 활동 때문이었고. 너희 죄다 음모론자야?"

우주가 그런 지나를 진정시키려 했지만 쉽지 않았다. 지나는 사진부원들이 회장을 의심할 때마다 마치 제 살이 찔리기라도 하는 것처럼 분노했다. 그러자 태현이 주머니에서 초대장을 꺼냈다.

"계속 찢다 보면 알게 되겠지."

지나는 이런 식이라면 자신은 찢지 않겠다고 엄포를 놓았다. 과거로 가 봤자 좋아하는 사람의 평판에 흠집 내는 일이나 저지르는 꼴이라면, 절대 협조하지 않겠다는 것이었다.

"그럼 내가 다녀와서 판단해 볼게."

태현이 그런 지나를 대신해 제 몫의 초대장을 감아쥐었다. 하지만 점심시간이 끝나 가 5교시 시작종이 울리기 직전이었다. 태현은 주머니에서 휴대폰을 꺼내 흔들었다.

"난 어차피 대학 갈 생각 없으니까 아지트로 가서 찢을게."

이도가 그런 태현에게 황당함을 담아 반문했다.

"수업을 빼먹겠다고?"

"혼자 갈 테니 학교 마치고 거기로 와."

"네가 무슨 월드와이드 포토그래퍼야? 잔말 말고 수업 들어. 그건 하교 후에 찢고."

"사실 오늘 땡땡이 좀 치고 싶긴 했어."

태현이 교문 너머를 응시했다. 환한 대낮이라 온 세상이 멀리까지 잘 보였다. 그들이 말하는 아지트는 학교에서 도보로 10분이 걸리는, 재개발 예정 구역의 빈 주택이었다. 올해 하반기에 철거 공사가 본격적으로 시작되기 때문에 드나들 수 있는 날이 얼마 남지 않았다. 사람이 모두 사라진 동네라 길동물들을 만나는 일도 잦은 곳이었다.

"이도, 혹시 기억나?"

"무슨 기억."

"같이 고라니 봤던 거. 딱 이런 날씨였잖아."

태현이 천진하게 웃었다. 이도는 몇 시간 전에 바꾸고 온 과거가 태현의 실제 과거가 됐다는 사실에 미묘한 기분이 들었다. 하지만 둘의 관계는 달라진 것이 없었고 이도는 대답을 머뭇거렸다. 그 고라니를 본 일이 몇 시간 전에 한 자신의 노력 덕이라고는 차마 말할 수 없었다. 다만 이도는 떠나려는 태현에게 소심하게 물었다.

"너한테도 많이 좋아했던 사람이 있었어?"

이도는 예상한 대답이 나오지 않기를 바라면서도 할 수 있는 일이 없음을 이미 알고 있었다. 억지로 전학을 가야 하는 아이처럼 서운함이 가득 담긴 표정을 지어 봤자 의미가 없었다. 곁에서 바라보는 우주 또한 점차 말을 잃었다. 누구도 태현의 속마음을 엿보는 일에 재미를 느끼지 못했다. 오로지 당사자인 태현만이 의연한 얼굴로 답했다.

"있었지."

6월, 내가 아닐 수도 있다면

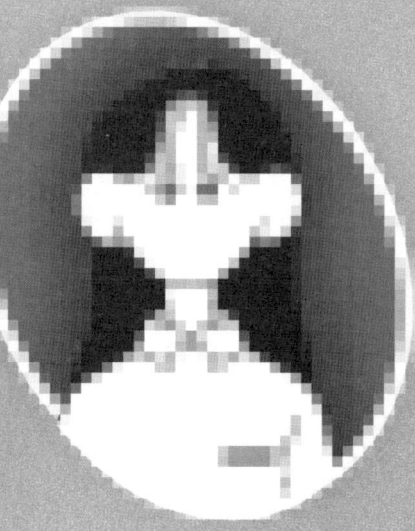

네가 좋아하는 사람, 사실 너는 잘 모르지?

정신을 차린 태현이 눈을 가늘게 떴다. 분명 아지트의 버려진 소파 위에 누워 초대장을 찢었는데 지금 있는 곳은 웬 경기장의 관중석이었다. 두 손으로는 카메라 보디를 쥐고 있었다. 상황을 파악하기 위해 양옆을 살폈다. 늘 곁에 있었던 사진부원들 중 누구도 함께 있지 않았다. 카메라 화면을 넘겨 보니 이미 저장된 사진이 많았다. 사진 왼쪽 하단에 찍힌 날짜를 보고서야 태현은 깨달았다.

'누나 경기 날이구나.'

경기 시작을 알리는 휘슬이 울렸고, 코트에서 배구공이 솟아

올랐다. 용맹한 몸짓으로 높게 튀어 오르는 쇼트커트의 여자. 태현의 첫사랑이자 짝사랑 상대인 연아였다.

연아는 해랑고 배구부 소속의 유능한 공격수이자 차기 주장감으로 떠오르는 선수였다. 일찍감치 선배들을 제치고 경기에서 MVP를 따내 인기가 있었다. 특기는 강스파이크인데, 점프 체공 시간 워낙 길어 남다른 힘으로 공을 타격하기로 유명했다. 연아가 뛰어오르면 관중은 자연스레 숨을 죽이고 득점을 기대했다.

눈앞의 공이 코트 안에서 왕복 질주했다. 공격과 수비가 팽팽하게 맞서며 긴장감을 높였다. 태현의 손바닥에도 땀이 흥건했다. 연아를 바라보는 눈 안에, 사진부원들을 볼 때는 전혀 떠오르지 않았던 감정 하나가 솟아올랐다.

'오늘도 누나는……'

둘의 인연은 체육대회 때부터였다. 미션 달리기를 하던 연아가 같은 학년에는 마땅히 데리고 뛸 사람이 없다는 핑계로 1학년 후배들이 있는 곳으로 향했다. 그리고 가장 얌전해 보이는 남자아이를 낚아챘다. 저항하지 못할 테니 군말 없이 따라오리란 계산이었다. 그 팔의 주인이 태현이었다. 연아 또한 일으켜 세워 보니 웬 희멀건 소금쟁이 같은 남자아이가 따라와 적잖이 놀랐다. 운동선수답게 승부욕이 강했던 연아가 억지로 태현을 달리게 하는 바람에 태현은 연아의 뜀박질 속도에 맞추어야만 했다. 태현은 자신의 다리가 그토록 빠르게 교차할 수 있다는 것을 난생처음 깨달았다. 연아는 초면인데도 태현을 강하게 몰아붙였고 태현은 잔뜩 겁먹은 채 전력으로 달렸다. 그때 태현의 몸에서는 아드레날린이 샘솟았다. 그런 와중에도 태현은 자신을 붙들고 미친 듯이 뛰는 연아의 옆모습에 시선을 빼앗겼다.

몸이 심장을 뛰게 하는 것일까. 심장이 몸을 뛰게 하는 것일까. 만약 후자라면, 그 심장을 달리게 하는 건 또 무엇일까.

'……너무 멋있어!'

더 이상 자신이 심장의 주인이 아님을 인지했을 때, 태현의 마음속에서 무언가가 시작됐다.

연아가 배구부원임을 알게 됐던 날은 수진이 죽고 난 뒤 학교 측에서 급히 마련한 배구 경기를 보러 간 날이었다. 그날 태현은 코트 위를 뛰어다니는 인간 고라니를 보았다. 연아가 자신의 팔을 붙잡고 달렸던 사람임을 떠올린 순간, 태현의 머릿속에서 두 장면이 겹쳐지며 운명이라는 환상 혹은 착각이 탄생했다. 이후 태현은 연아의 경기가 있을 때마다 수업을 빼먹고서라도 현장을 찾았다. 이럴 때는 대학 진학에 의지가 없어 다행이었다. 연아도 제 손으로 만든 인연에 흥미를 느꼈는지 태현을 종종 알은체했다.

공이 튀어 오르고, 또 낙하할 때마다 선수들의 포효가 이어졌다. 누군가는 주먹을 쥐고 아쉬워했으며 누군가는 두 팔을 뻗어 기뻐했다. 이번에는 태현이 바란 대로 연아의 득점이었다. 연아가 유니폼을 이마까지 끌어올려 호쾌하게 땀을 닦았다. 태현은 재빨리 그 모습을 줌인하여 촬영했다. 달아오른 몸에서 은은하게 뿜어져 나오는 열기와 자잘하게 튀는 땀방울. 땀에 살짝 젖은 머리는 태현이 봤던 그 어떤 야생동물의 것보다 에너지가 넘쳤다.

'내 인생 최고의 피사체야…….'

태현은 연아를 볼 때마다 심장이 뛰었다. 그 박동을 자각하는 일이 싫지 않았다. 육체적 흥분과 정신적 고양감은 학교에서 배운 적 없는 진솔한 감각이었다.

어린 시절부터 태현은 잔병치레가 잦았다. 또래들과 놀이터에서 뛰논 날이면 어김없이 혼자만 감기에 걸렸다. 부모는 태현이 아프지 않길 바라며 얌전하고 정적인 놀이를 알려 주었다. 미술, 음악, 독서, 그리고 사진. 태현의 몸은 이제 어른의 것과 다름이 없었으나 그 안에 깃든 경험치는 여전히 아이나 마찬가지였다. 연아는 작동의 기쁨을 상실한 태현의 몸에 불을 질렀다. 태현은 연아와 달린 체육대회 날 이후로 체육 시간이 두렵지 않았다. 반에서 꼴찌나 간신히 면하는 달리기 실력이었지만 연아가 팔을 끌었을 때의 느낌을 곱씹으며 뛰다 보면 이제는 뒤에서 5등 정도는 했다. 오랜 결핍의 껍질이 연아 덕에 한 꺼풀 벗겨진 셈이었다.

셔터를 눌렀다. 고속 연사, 접사, 광각 줌. 좋아하는 사람을 최고의 앵글로 담기 위해 몸을 이리저리 비틀었다. 태현의 메모리 속에 연아는 수십 장씩 쌓여 갔다. 그 어떤 컷도 버릴 컷으로 보이질 않았다. 눈을 감아도, 서브에 미스가 생겨도, 인상을 찌푸려도 모두 멋있기만 했다. 맹수처럼 펄펄 끓는 생명력! 세상 모든 멋짐을 훔쳐 와 뭉쳐도 연아 한 명을 완성하지 못했다.

빠르게 진행되던 경기는 해랑고의 승리로 끝났다. 연아가 코트를 나서며 태현이 있는 관중석을 향해 손을 흔들었다. 오늘은 경기가 끝난 후 함께 저녁을 먹기로 약속한 날이었다. 태현은 바지 주머니에 들어 있는 엄마의 신용카드를 확인했다.

'오늘 고백하면 성공한다는 건가? 기분은 좋다……'

기억을 더듬으며 가방에 카메라를 분해해 넣었다. 좋은 날을 한 번 더 경험한다는 사실에서 횡재를 한 듯했다. 왜냐하면 이 날 이후 태현이 연아와 개인적으로 만나는 날은 단 하루를 제외하곤 없을 예정이었다.

사람들의 눈을 피해 경기장 후문에서 멀리 떨어진 공원으로 향했다. 그곳에서 연아를 기다리자 얼마 지나지 않아 일상복으로 갈아입은 연아가 나타났다.

"벌레맨!"

"벌레 아니고 소금쟁이라고 해 줘요……."

"미안. 소금맨."

연아는 사촌 동생 다루듯 한 손으로 태현의 목을 휘감았다. 둘의 키가 비슷한데도 태현의 몸이 종잇장처럼 펄럭거렸다. 반가운 인사치고는 거칠었으나 태현은 그런 박력이 좋았다. 자기를 좀 더 흔들어 줘도 좋겠다고 생각하던 찰나에 연아가 팔을 풀었다.

"뭐 먹을래?"

"근처에 돈가스집이 있어요. 거기 김치돈이 유명하대요."

"김치돈? 웩. 난 김치 싫으니까 그런 건 너나 먹어."

연아가 가운뎃손가락을 치켜들고는 태현의 뺨에다 비볐다. 손이 움직일 때마다 태현의 안경이 이리저리 흔들렸다. 연아는 코트 밖에서도 맹수였다. 길들이기는커녕 인간적인 대화조차 쉽지 않았다. 동네 깡패처럼 굴면서도 전혀 미안하지 않은지 배를 잡고 깔깔거렸다. 태현은 혼자만의 세계에 푹 빠진 연아를 보며 생각했다.

'예쁘다······.'

영혼이 나간 듯 멍청하게 쳐다보는 태현의 턱을 연아가 공처럼 쥐었다. 태현은 주둥이를 포박당한 강아지가 되어 마구 흔들렸다.

"입 닫고 봐라."

"미안해요······."

"너는 애가 너무 투명해서 탈이야."

"그것도 미안······."

"뭐, 그래서 같이 다닐 맛이 나지만."

돈가스집으로 향하는 동안에도 연아의 일방적인 스킨십은 멈추지 않았다. 연아는 괜히 태현의 팔뚝 살을 때리고, 가방을 툭툭 치고, 볼을 꼬집었다. 그때마다 태현의 뺨이 조금씩 붉어졌다.

"소금맨, 너 나 좋아하니?"

"미친! 누가 누나 같은 깡패를 좋아해요?"

"근데 왜 만질 때마다 얼굴이 빨개져?"

"이, 이게 뭐가 만지는 거예요. 괴롭히는 거지! 기분 나빠서 그래요."

"마조 꿈나무구나."

태현의 귓바퀴가 새빨갛게 달아올랐다. 어른들 몰래 온라인

글에서나 봤던 단어를 연아는 뻥 뚫린 길거리에서 거리낌없이 내뱉었다. 과연 연아는 태현의 코트 위에 머물지 않았다. 오히려 태현이 연아의 코트 위를 헤매는, 팔다리를 잃은 배구공이었다. 보통 사람이라면 무례하다 받아칠 만한 농담마저도 태현은 어쩔 줄을 몰라 하며 쑥스러워하기만 했다. 그러면서도 계속 생각했다.

'진짜 예쁘다······.'

연아는 아무 말도 못 하는 주제에 개미처럼 가끔씩 꿈틀거리는 태현을 보며 티 나게 피식거렸다.

어려서부터 운동을 했던 그녀의 주변에는 비슷한 남자아이들만 있었다. 몸을 쓸 줄 알던 그들은 연아보다 더 일찍 맹수가 됐다. 지금 태현이 겪는 짓궂은 말들은 언젠가 연아도 감내해야 했던 것들이었다. 차이가 있다면 태현과 달리 연아는 조금도 그런 분위기를 즐기질 않았다는 것. 여자 선수로 활동하고 있어도 코치나 매니저들은 남자가 많아, 연아에겐 진절머리 나게 싫은 순간들이 잦았다. 그건 엄마나 팀원에게도 터놓기 꺼려지는 일들이었다. 맹수의 세계에서 인간의 고단함을 말하는 일을 연아는 애써 외면해 왔다.

둘은 식당에 도착하여 창가 쪽에 자리를 잡았다. 태현이 쭈뼛거리며 메뉴판을 펼쳤다.

"김치돈 싫으시면 와규카츠 드실래요?"

"이거 2만 5천 원인데?"

"엄마 카드 있어요."

"네가 사는 거야?"

"다, 당연히······."

"당연하다고?"

"경기 뛰고 오느라 고생했으니깐······."

자신 앞에서 잔뜩 긴장한 남자아이를 보며 연아는 체육대회 날 생면부지의 소금쟁이를 낚아챈 자신을 칭찬했다. 메뉴를 가리킬 때 손가락 하나 마음 편히 펼치지 못하는 후배의 떨림이 밉지 않았다.

"아무거나 시키고 오늘 찍은 사진이나 보여 줘."

"잠시만요. 배터리가 있나 보고······."

"빨리 충전해서 줘. 빨리빨리."

"카메라는 휴대폰이랑 달라서 충전이 빨리 안 되니까 배터리가 없으면 못 보는······."

"볼 수 있게 세팅한다. 실시! 셋, 둘, 하나."

태현이 재빠르게 메모리에 저장된 사진을 보여 줬다. 연아가 카메라를 살피는 동안 태현은 주문을 마치고 기합이 바짝 들어간 목소리로 사진을 설명했다.

"액션캠 모드로 찍은 건데요. 최고 화질로 촬영했으니까 인화하면 분명 멋지게……."

"돈가스 나왔다!"

태현의 말은 몇 번이고 잘렸다. 그래도 싫은 소리 한번 하질 않았다. 연아와 태현은 달라도 너무 달랐지만, 제법 합이 좋았다.

"네 돈가스 접시 내놔."

"제 거요?"

"빨리 줘!"

연아가 제 몫의 와규카츠는 입에도 대질 않고 태현의 돈가스 접시를 통째로 뺏었다. 태현이 당황하는 사이 연아는 포크가 아닌 칼을 쥐었다. 그러고는 태현의 돈가스를 먹기 좋게 잘라 그대로 돌려줬다. 오늘 만난 이래 가장 세심한 모습이었다.

"그 가느다란 팔로 위험한 칼을 쥘 수나 있겠어?"

태현은 돌려받은 돈가스를 포크로 한 조각 찍었다. 말없이 입에 넣어 씹는데, 비죽비죽 웃음만 나 아무 맛이 느껴지질 않았다. 심장도 뛰고, 입꼬리도 날뛰어 정신을 차릴 수가 없었다.

✽

돈가스를 먹는 동안 연아는 경기에서 아쉬웠던 점들을 늘어놓았다. 배구 입문자 수준인 태현의 입장에선 알아들을 수 있는 말이 적었으나 방해하고 싶지 않아 묵묵히 경청했다. 말하는 동안 밥을 먹지 못하니 연아의 식사 속도는 매우 느렸다. 태현은 그 속도에 맞추려고 배고픔을 꾹 참고 돈가스를 음미하듯 천천히 씹었다.

평소에 연아는 경기가 끝나면 팀원들과 뒤풀이를 했으나 이 날은 특별히 코치에게 부탁해 빠질 수 있었다. 유일하게 연아가 솔선수범하지 않고, 약한 소리를 해도 괜찮은 날인 셈이었다. 그러니 태현이 한탄 섞인 고충을 잘 알아듣지 못해도 상관없었다.

"서브 넣을 때 힘 조절 잘하라고 그렇게나 말했는데 더럽게 못 알아먹는 거 있지?"

"짜증 나셨겠다."

"왜 시키는 대로 하질 않는지. 나보다 실력도 좋지 않으면서 말이야."

"고생 많았어요."

"앞에선 잘 이끌겠다고 했지만 선배들 졸업하면 어떻게 될지 걱정돼 죽겠어."

연아가 입에 넣은 와규카츠를 부주의하게 우물거렸다. 말하는 도중에 작은 음식물들이 입 밖으로 튀어 나오기도 했다. 연아는 눈치채지 못했지만, 태현은 그 잔해들을 빤히 바라보았다. 행여나 상대가 부끄러워할까 걱정돼 장국 그릇으로 떨어진 음식물들을 가렸다.

늘 후배와 선배들의 이야기를 우직하게 듣기만 했던 연아는 오랜만에 눈치 보지 않고 심한 말을 할 수 있어 신이 났다. 비록 질 나쁜 뒷담화긴 했으나 연아는 팀원을 배려하는 포지션이자 늘 선두에 서는 입장이었다. 곪아 있던 속내를 조금씩이나마 털어 내면서 자신의 마음을 정화했다. 점점 기분이 좋아졌고, 머리가 맑아졌다. 큰 걱정거리가 아예 사라진 사람처럼 후련하기까지 했다. 태현과 함께 있으면 연아는 입맛이 돌았다.

*

식사를 마친 뒤 둘은 버스정류장까지 산책 겸 걸었다. 태현이 가게를 먼저 나선 연아를 뒤쫓으며 말했다.
"왜 계산했어요? 제가 산다니까."
연아가 뒤를 보지도 않은 채 대답했다.
"다음에 네 돈으로 사. 엄마 돈으로 사지 말고."
태현은 비장의 무기였던 엄마 카드를 주머니 속에서 만지작거리며 조금 부끄러워했다. 장난기 가득한 어린아이 같으면서도, 이럴 때는 어른처럼 보이는 연아의 태도가 태현의 마음을 더 강하게 사로잡았다.

두 사람은 밥을 먹기 전 대화를 나눴던 공원을 가로질렀다. 싱그러운 나무와 풀이 사방에 즐비했다. 비둘기들이 모여 있다가 두 사람이 다가갈 때마다 한 마리씩 달아났다. 연아가 걸음 속도를 늦춰 주자 태현이 자연스레 곁에 따라붙었다.

"경기 쫓아다녀 보니까 어때?"

"재미있어요. 아직 룰은 잘 모르겠지만요."

"사진 찍는 건 재밌냐?"

"그럼요! 피사체가 훌륭하니까 사진도 항상 잘 나와요. 영상을 찍어 봐도 좋을 것 같아서 카메라 하나를 더 살까 해요. 필터도요."

"기계 얘기는 따분해서 못 듣겠어."

연아가 장난으로 태현의 뺨을 꼬집었다. 검지와 엄지가 따뜻하고 부드러웠다. 딱히 이유가 없는 괴롭힘인데도 태현은 싫지 않았다. 그저 얼굴에 닿은 촉감을 은밀히 느끼며 감탄할 뿐. 헤벌쭉거리는 태현을 보자 연아는 오기가 생겨 아예 볼을 잡아당겼다. 벌어진 입술 사이로 훅훅거리며 웃는 숨이 삐져나왔다. 연아가 막무가내인 만큼 태현도 자신만의 세계에선 답이 없었다.

"너 내년에 사진부 만들 거라고 했지?"

"네, 근데 아파요."

연아는 태현의 볼을 쥐고 있던 손을 놓고 골똘히 생각에 잠기더니 입을 열었다.

"수학부가 해체됐으니까 동아리 자리가 하나 남아서 만들 수 있을 거야."

태현이 제 뺨을 비비적거리며 짐짓 진중한 표정을 지었다. 연아는 남 일을 얘기하듯 태평하게 말을 이었다.

"요새 학부모들이 민원 자주 넣는 거 알지? 회장네 부모님이 엄청 극성이래. 그 집 치맛바람 장난 아니거든. 회장도 집에선 숨도 못 쉰다는 소문이 있어. 급조된 현장학습으로 우리 경기까지 보게 만들었으니 말 다했지, 뭐."

아무런 상관이 없다는 척 이야기했지만 분명 불만 어린 어조였다.

"근데 영 이상하단 말이지."

"뭐가요?"

"수진이가 은호의 스토커라는 게 안 믿기거든. 둘이 처음에는 사이가 괜찮았고, 은호 쪽에서 수진이랑 친해지고 싶어 했으니까."

태현이 수상함을 눈치채고, 얼른 그 대화의 꼬리를 붙잡았다.

"죽은 누나를 회장 형이 오히려 좋게 봤다고요?"

"응. 은호가 중학생 때부터 순애보 민들레 보이로 소문이 자자했던 거 알아? 한 여자아이를 좋아하면 누구보다 지고지순하게 좋아한다고 말이야. 근데 중학생 때 은호가 좋아했던 여자아이는 왕따를 당했고, 전학까지 갔어. 워낙 인기 많은 남자아이가 선택했으니 뒷소문이 많이 생겼겠지. 수진이도 죽기 전에 비슷했고. 그래서 난 스토커라는 소문이 날조된 게 아닌가 싶더라고."

연아는 은호, 수진과 같은 반이었기에 둘의 관계를 대충 알았다. 물론 배구부 활동 때문에 교과 수업을 빠진 적이 많아 더 세세한 전말까지 알진 못했다. 그럼에도 뭔가를 좀 더 말하고 싶은 듯 괜스레 머리칼을 만지작거리며 덧붙였다. 그 목소리가 전보다 조금 작아져 은밀함을 풍겼다.

"사실 수진이, 나쁜 아이는 아닌 것 같았어."

태현이 부드러운 고갯짓으로 연아를 바라보았다. 연아도 태현과 눈을 맞추었다.

"걘 그냥 수학에 미친 애일 뿐이었어. 잘하기도 했고."

"왜 하필 수학이에요?"

"수진이 부모님이 교통사고로 돌아가셨는데 두 분 다 수학

교수셨대. 예전에 잠깐 이야기를 나눠 봐서 알아. 부모님이랑 같이 책상에 둘러앉아서 어려운 문제를 골라서 풀고, 머리 맞대서 토의하고, 채점하고, 칭찬받았던 순간들이 그렇게 행복했다더라. 괴짜지? 하여간 공부 좋아하는 애들이란. 걘 그래서 귀여웠는데. 좀 더 친해졌다면 아마 걔가 죽었을 때 난 울었을 거야."

연아가 텅 빈 미소를 지었다. 태현은 왠지 그런 연아의 얼굴이, 자신이 감히 헤아리지 못할 어른의 얼굴처럼 느껴져 눈을 떼지 못했다.

"뭔가를 좋아할 줄 아는 사람이 나쁜 사람일 리 없어."

태현이 고개를 돌려 땅을 바라보았다. 내리깐 시선을 따라 약한 바람이 하늘에서부터 하강하는 것 같았다. 연아는 천천히 걸었다.

"왜 이렇게 으스스하냐. 죽은 친구 이야기 그만해야지!"

한기를 느낀 듯 연아가 두 팔로 몸통을 감쌌다. 태현은 정말로 이도와 우주의 말처럼 시간 여행이 죽은 선배와 연관이 있다는 확신이 들었다. 좀 더 자세히 물으려던 찰나 연아가 먼저 물었다.

"네가 가장 좋아하는 건 사진이지?"

"맞아요."

"그럼 네 이야기도 들려줘."

태현은 자신이 사진을 좋아하는 이유를 어떻게 하면 제대로 전할 수 있을지 고심했다. 신기하게도 머릿속을 꽉 채울 만큼 많은 문장이 떠올랐다. 그 많은 이유 중에 명쾌히 손에 잡히는 것은 없었다. 그저 마음을 가득 채울 만큼 선명한 애착이 존재한다는 확신뿐.

조금 뜸을 들인 뒤 답했다.

"항상 친구들의 땀방울만 보고 살았는데 사진 덕에 땀방울을 포착할 수 있는 사람이 됐어요."

연아가 의외라는 표정으로 고개를 살짝 꺾었다. 태현은 연아가 뭔가를 더 물어봐 주면 좋겠다 생각했지만, 연아는 눈만 찡긋하더니 더 이상 묻지 않았다. 둘 앞에 버스정류장이 보였다. 연아가 탈 버스가 먼저 도착했다.

"다음 데이트도 기대할게."

"네?"

순간 태현은 보석을 뺏긴 사람처럼 아무 말도 못 하고 굳어 버렸다. 미래에서 왔기에 연아와 한 번 더 만날 일이 있음을 알면서도, 좋아하는 사람의 입에서 나오는 다음 데이트라는 말이 태현의 마음을 흔들었다. 연아는 그런 태현의 볼을 한 번 더 쿡 찌르고는, 버스에 올라탔다. 그 버스가 사라질 때까지도 태현은 얼이 빠져 있었다.

*

 하룻밤을 지내고 나니 주말이었다. 태현은 이도와 출사지에서 만났다. 인적이 드문 산으로, 다람쥐나 토끼 같은 야생동물을 만날 확률이 높아 자주 찾는 곳이었다.
 분명 태현보다 먼저 초대장을 찢었지만, 마주하고 있는 이도는 미래를 알고 있는 이도가 아니었다. 산을 오르며 태현이 이도에게 초대장을 찢고 왔다는 암시를 던져도 영문을 모른다는 표정이었다. 태현은 초대장을 찢은 뒤 펼쳐지는 시간선에선 당사자만 기억이 온전하단 점을 알아차렸다. 그렇다면 이도와 우주는 어떤 과거로 가서, 무슨 경험을 하고 왔을까? 모두가 초대장을 다 찢고 난 후에도 그 이야기는 서로 나눌 수 없겠다는 생각이 태현의 마음에 문득 떠올랐다. 지나를 제외한 사진부원들은 자신이 좋아하는 상대를 타인에게 공개하고 설명하는 데 익숙한 사람들이 아니었다. 또한 서로를 난처한 진실게임에 초대할 정도로 배려심이 부족하지도 않았다. 그저 이 시간선의 또 다른 이도를 보며 자신처럼 타인으로 인해 마음 졸였을 것을 생각하니 측은함이 들 뿐이었다.

이도와 출사를 가면 주로 이도가 떠드는 쪽이고, 태현은 듣는 쪽이었다. 사진 이야기가 아닌 이상은 그랬다. 오늘도 이도는 시답잖은 이야기를 떠벌리며 쾌활한 분위기를 만들었다. 항상 둘뿐이니 가끔은 노력하지 않아도 괜찮을 텐데. 태현은 이도가 미래에도, 과거에도 여전히 조용한 상황을 참지 못하는 타입이라고 생각했다. 그게 이도의 개성이니 구태여 입밖에 내지는 않았다. 그런데 그런 이도가 여름 방학쯤 갑자기 무언가에 상처라도 받은 듯 두문불출하고, 다음 학기가 되어서야 연락을 이어 간다는 점이 태현은 수상쩍었다. 그때 태현은 이도가 아팠겠거니 추측했는데 그 추측이 틀렸음은 여전히 알지 못했다. 그저 지금부터라도 잘 챙겨 줘야겠다며 이도가 돌길로 걷지 않게끔 자리를 바꿔 줬다.

이도는 가방에서 아침 대용으로 바나나를 꺼내 먹었다. 태현에게도 권했지만, 태현은 아침을 이미 챙겨 먹은 터라 거절했다. 처음 출사를 갈 때만 하더라도 이도는 아침에 일찍 일어나는 게 싫다며 투덜대기 일쑤였으나 이제는 능숙했다. 필요한 물품도 태현보다 더 잘 챙겼다.

그런 이도가 입을 우물거리며 물었다.

"요즘 현지 안 오네."

"당분간은 안 올 거야."

"배구 경기 관람한 뒤로 둘이 무슨 일 있었지?"

"몰라도 돼."

태현이 손깍지를 끼고 뒤통수를 받쳤다. 이도는 뭔가를 더 묻고 싶어 쭈뼛거리는 입술을 가만두지 못했다.

현지가 출사에 오지 않는 간단했다. 단체 경기를 관람했던 날, 현지는 예정대로 태현에게 고백했다. 태현은 사진 대신 자신을 좋아해서 친근하게 대해 줬다는 사실에 놀랐으나 그건 긍정적인 놀람보다 부정적인 충격에 더 가까웠다. 태현은 현지와 나눴던 사진 이야기가 자신만 즐거운 반쪽짜리 대화였다는 점이 불쾌했다. 이기적인 모습만큼은 보이지 않으려, 현지에게 학업에 집중하고 싶다는 말도 안 되는 변명을 댔다. 학업은 고사하고 대입 자체에 관심이 없는데도.

현지는 마음이 상했단 사실을 숨기고 태현의 거절을 수용했다. 그리고 사진부 창설도 약속한 대로 돕겠다고 했다. 하지만 대화가 끊어졌던 순간의 어색한 침묵으로 이미 확정이었다. 이후 현지는 영원히 출사에 오지 않는다. 약속대로 사진부 창설을 돕는 것도, 태현과 대면하지 않고 신청 인원 명단에 이름만 기재해 주는 일로 끝난다. 18세의 태현은 그 기억을 한 번 더 곱씹는 일이 씁쓸했다.

"저기 청설모!"

이도가 바나나 껍질을 대충 가방에 쑤셔 넣고는 카메라를 들었다. 전원을 켜 재빨리 나무 위로 앵글을 높였다.
"도망가기 전에 찍어! 이도야, 셔터 스피드는 바꿨어?"
"아니, 놓쳤어."
"너도 이제 제법 포토그래퍼 같다?"
"내가 너보다 낫지."
"그건 아니고."
"청설모를 보자마자 나는 바로 반응해서 카메라 세팅했는데 넌 멍때리느라 놓쳤잖아."

태현은 인정하고 싶지 않았지만, 이도의 말대로였다. 카메라에 셔터 버튼이 무엇인지도 몰랐던 이도는 이제 태현이 조언하지 않아도 좋은 사진을 찍었다. 야생동물뿐 아니라 멈춰 있는 전경이나 건물도 능숙한 실력으로 카메라에 담았다.

"근데 넌 왜 출사지를 안 골라?"
"굳이 나까지 고를 필요가 있어?"
"사진 찍다 보면 마음이 가는 장소나 피사체가 생길 텐데 이도 너는 한 번도 말한 적이 없는 것 같아. 그냥 내가 정하는 대로 따라오기만 하고."

이도는 평소에 들은 적 없었던 질문에 입을 다물었다. 당황할 만한 질문이 아닌데도 이도가 우물쭈물하자 태현은 혹시 자기가 말실수를 하진 않았는지 걱정했다. 대답하지 않아도 괜찮다고 무마하려던 참이었다.

"네가 매주 준비하는 일정에 묻어 간 거였는데. 들켰다!"

"뭐야, 그냥 게을러서 그랬어?"

"아니면 다음에는 레트로한 곳을 찾아볼까? 와이투케이 붐이라잖아. 들어 봤어?"

태현이 전혀 모르겠다는 듯 고개를 가로저었다. 이도가 이번에는 가방에서 우유를 꺼내 마셨다. 태현은 그런 이도에게 걱정 어린 어조로 물었다.

"이도야, 넌 사진 좋아하지?"

"갑자기 왜?"

"그냥. 사진 좋아하는 거 맞지?"

"내가 사진을 좋아하지, 너라도 좋아하는 것 같아?"

"안 그랬으면 좋겠어서."

"무슨 미친 소리를 하고 있어. 김칫국으로 샤워했니."

이도가 황당해하며 발 앞의 조약돌을 걷어찼다. 태현은 그 모습에 안도했다. 그 안도하는 표정을 본 이도는 화가 끓어올라 이상한 질문을 하지 말라며 역정을 냈다. 중지까지 치켜들더니 힘찬 몸짓으로 먼저 걸어가 버렸다. 태현은 속으로 다행이라 여겼다. 이것이 사실이라면, 열여덟 살뿐 아니라 스무 살이 되어도 이도가 영원히 사진 친구로 남아 줄 테니.

둘은 평지 구간에 도착해 잠시 숨을 골랐다. 태현은 이도에게 손수건을 빌려 땀을 닦았다. 겨드랑이도 닦고 싶었으나 눈치가 보여 참았다.

"너 겨드랑이 땀나지?"

인내가 무색하게 태현의 속사정은 이도에게 금방 들켜 버렸다.

"안 나거든."

"닦으려면 닦아. 닦고 새로 사 줘."

"안 난다니깐."

"아니면 닦고 밥 사 줘."

"안 난다고."

"닦고 그냥 바나나우유 사 줘도 돼."

"싫다고."

하필 회색 티셔츠를 입고 있었다. 겨드랑이와 목덜미 부분은 이미 선명히 젖었다. 태현은 부끄러웠으나 친구가 준 손수건으로 땀을 닦아 더 큰 손해를 볼 바에야 부끄러운 채로 있는 편이 나았다. 이도는 주중에 밥을 얻어먹고 싶다며 태현에게 손수건을 들이밀었다. 그걸 피하느라 둘은 답 없는 술래잡기를 했다. 그 꼴이 우스워 달리다 멈추기를 반복했는데 함께 있을 때마다 태현은 이도만큼 편한 친구가 없다는 생각이 들었다. 태현이 파, 하고 즐거운 웃음을 터뜨리고는 움직임을 멈췄다.

"이도야, 나 고민이 있어."

"고민? 뭔데!"

둘은 언제 아옹다옹했냐는 듯 얌전히 흙바닥 위에 앉았다. 사방에 아무도 없었고, 머리 위로는 건물 한 점 없는 높은 하늘만 펼쳐졌다. 친구에게 비밀스러운 이야기를 하기에 좋은 장소였다.

"나를 동생으로만 보는 사람이랑은 어떡해야 친해질 수 있을까?"

태현은 연아와 이뤄지지 않은 미래를 살고 왔다. 이맘때 태현은 연아를 정말로 좋아했다. 함께 있는 시간을 연아가 '데이트'라고 표현해 줬지만, 태현이 1년 전으로 돌아와 생각하니 연애를 전제로 한 호감까지는 아닌 것 같아 자신감이 떨어졌다. 어쩌면 연아의 감정이, 자신이 이도에게 느끼는 감정과 비슷한 것일지도 모른다는 판단이 들기도 했다. 그렇다면 태현에겐 절망이었다.

이도가 토끼처럼 눈을 동그랗게 뜨더니 몸을 완전히 틀었다.

"좋아하는 사람 생겼어?"

"아냐. 그냥 동네 친한 형 얘기야."

"깜짝 놀랐네! 근데 형이 너를 동생으로 보는 게 뭐 어때서?"
"동갑내기로 보면 더 가까워질 수 있잖아."

1년 전. 17세를 처음 살았던 태현이 연아에게 고백하지 못했던 건 누나, 동생의 벽을 넘지 못해서였다. 연아와 자주 메시지를 주고받으며 관계를 유지했지만 태현은 연아가 자신을 좋아한다는 확신을 갖지 못했다. 태현 쪽에서 더 가까워지려 애써도 대부분의 노력이 '소금쟁이 동생의 귀여운 응석' 정도로 해석되리라며 앞서 판단했다. 어쩌면 연아가 좋아하는 스타일에 자신이 부합하지 않을지도 모른다는 추측 또한 늘 따라붙었다. 연아의 인스타그램엔 국가대표를 준비하는 남자들과 찍은 사진이 많았다. 그 사진 속에서 평상시와 달리 미묘하게 도도한 표정으로 정면을 응시하는 연아에게선 태현이 아직 갖지 못한 어른의 향기가 났다.

"사진 얘기로 친해져 봐. 사진은 어른들보다 네가 더 잘 알잖아."
"그 형이 사진에는 영 관심이 없어."
"너랑 친해지고 싶다면 네가 좋아하는 걸 존중해 주겠지."
"좋아하는 걸 존중해 줘?"
"응. 가까워지고 싶다는 감정이 진심이라면 그 사람이 하는 모든 일을 다 응원하게 돼. 전혀 관심이 없던 일까지."

이도가 카메라를 만지작거렸다. 태현은 그런 이도의 손을 물끄러미 바라봤다.

"그래서 네 사진 실력이 갑자기 늘었구나? 출사에도 적극적으로 변했고 말이야. 이제 좀 알겠네."

이도가 바짝 긴장한 얼굴로 불안함을 담아 태현을 응시했다.

"무, 무슨 뜻이야?"

"김이도! 나 말고 다른 친한 포토그래퍼 생겼지?"

"응?"

"이야. 어쩐지 실력이 너무 빨리 늘었어. 사랑의 힘이었군. 대단해!"

세상에는 태현 말고도 사진을 좋아하는 아이들이 한 트럭이었다. 태현은 그동안 이도가 다른 사람과 교류하는 모습을 한 번도 생각하지 못한 것을 뉘우쳤다. 자신이 아닌 다른 사진 덕후와 소통하며 실력을 향상시킨 이도를 그려 보니 마음이 뿌듯했다. 시키지 않아도 학원에 가는 자식을 볼 때의 부모 마음이 이런 걸까. 태현은 고마움 반, 갸륵함 반으로 이도의 어깨를 두드렸다.

"우리 꼭 내년에 같이 사진부 만들자."

이도는 말없이 고개를 끄덕이곤 앞만 보았다. 환했다. 무엇이 해고 무엇이 구름인지 선명히 구분되는 전경이었다. 그렇다면 구름과 해도 서로를 존중하기에 삼키지도, 삼켜지지도 않는 걸까.

세상을 공평하게 나눠 가지는 자연을 보며 태현은 연아를 떠올렸다. 그녀와 같은 조각을 나눠 갖길 바라며.

생각하면 생각할수록 태현은 연아가 보고 싶었다. 또한 마음의 기대는 조금씩 사그라들었다.

*

'1년 전 영화 데이트는 분위기가 별로였지. 이번에는 다른 선택지를 골라야 해.'

약속 장소에 도착한 태현은 정리해 둔 데이트 명소 리스트를 점검했다. 리스트에는 카메라에 정평이 난 블로거가 엄선해 준, 초보 입문자들에게 친절하다는 상호들이 적혀 있었다. 오늘 연아와 용산 디지털 상가를 함께 둘러보며 카메라가 얼마나 섬세하고 흥미로운 기계인지 그 재미를 알려 줄 계획이었다. 해가 숨은 날. 유동인구가 줄어든 상가의 전경이란 꼭 디스토피아에 남은 도시 잔해 같아 을씨년스럽기만 했다. 태현은 오늘 형이 쓰던 왁스도 몰래 발랐다. 그렇게 최선을 다해 고른 장소가 용산 디지털 상가였다.

공식적인 첫 데이트 장소를 다분히 자기중심적으로 고른 데는 이유가 있었다. 언젠가 태현은 비가 와 출사를 못 간 주말에 이도와 디지털 상가를 찾은 적이 있었다. 서로 카메라 렌즈를 업그레이드하고 구경도 하기 위해서였다. 그때 태현은 이도와 상가에서 꼬박 세 시간을 머물렀다. 상호마다 설명은 유익했고, 물건은 다채로웠다. 이도 또한 재미있었는지 태현의 곁에 붙어 떨어질 줄을 몰랐다.

또한 이곳은 태현이 연아에게 어른스럽게 보일 수 있는 유일한 장소이기도 했다. 자신보다 거의 모든 분야에서 성숙한 연아지만, 사진과 기계만큼은 태현이 우위였다. 오늘 태현은 가장 좋아하는 일을, 가장 능숙한 형태로 보여 주기 위하여 제법 많은 용어와 정보들을 숙지해 왔다.

연아가 도착할 시각이었다. 태현이 인사 멘트를 위해 목을 가다듬었다. 그러나 공들인 준비가 무색하게 연아가 뒤에서 기습 등장했다.

"왁!"

"깜짝이야!"

"뭐야, 소금맨 오늘 왜 이렇게 꾸몄어?"

"데이트라면서요……."

"그건 그렇지. 어디 갈까? 여기 근처에 놀 만한 곳이 있나."

"네! 이 상가 완전 놀 만해요!"

연아의 표정이 상한 생선처럼 비릿해졌다. 태현은 자신이 만든 계획에 정신이 팔려 연아의 달라진 기색까지 감지하지는 못했다.

"다른 기계들도 많아요. 누나가 보고 싶은 게 있으면 얼마든지 말해요."

"아, 그으래."

연아는 태현이 장난을 친다고 생각했다. 고개를 푹 숙여 흘겨보듯 올려다봤더니 태현은 목줄이 풀리기 직전의 리트리버처럼 벌써 신나 보였다. 상대에게 연아는 면박을 줄 수 없었다. 특이한 아이라고 여기니, 한 번쯤은 상대의 기호에 맞춰 줄 용의가 생겼다.

상가 안은 손님이 없어 걸을 때마다 둘의 발소리만 울렸다. 그들이 움직이면 꽤 많은 상인이 기대하는 눈빛을 보냈다. 그 속에서 태현은 민망함을 참고 계획했던 첫 가게를 찾았다. 카메라를 브랜드별로 갖추고 있으며 학생들에게 저렴하게 판매하기로도 유명한 상가였다.

"사장님, 캐논 신상 볼 수 있을까요?"

"지난번에 왔던 학생 아니야?"

"기억하시네요."

"여자 친구가 바뀌었네?"

연아가 태현에게서 한 발짝 멀어졌다. 태현이 손사래를 치며 같이 왔던 아이는 친구라고 항변했다. 사장은 보관하던 카메라 보디 몇 개를 꺼내 진열했다. 기능을 설명하고 특장점을 강조하는 동안 연아는 다시 한 발짝 태현을 향해 다가갔다. 태현은 통역하듯 사장의 말을 알아듣기 쉬운 단어로 바꾸어 연아에게 전달했다. 연아도 팔짱을 낀 채 경청했다.

"요즘 아이폰도 괜찮다던데 카메라랑 비슷할까요?"

"심도랑 고해상도 지원은 괜찮더라고. 근데 시네마틱 모드라 해봤자 보조기기 없이 전문 영상 찍기에는 무리가 있지."

"그래도 사진은 광각 기능을 지원해서 놀랐거든요."

"그건 그래. HDD가 바로 연결되는 것도 장점이고."

연아는 둘의 대화를 전혀 알아듣지 못했다. 분위기를 해치지 않으려 눈치껏 고개를 끄덕거렸으나 집중력은 금방 떨어졌다. 고가의 시네마 캠을 가리키며 장단을 맞추려 한마디를 던졌다.

"저걸로 셀카 찍으면 잘 나와요?"

사장이 박장대소했다. 연아가 영문을 몰라 하며 어색해하는 동안 태현은 어떻게 설명해야 할지 고민하다 노선을 바꾸기로 했다. 그들의 다음 장소는 중고 카메라 매물이 많은 상점이었다. 그곳의 사장도 태현을 알아보았는데, 태현은 그에게 빈티지 캠코더 추천을 부탁했다.

"누나, 요즘은 셀카나 브이로그를 캠코더로 많이 찍는대요."

"다 옛날 카메라 아니야?"

"맞아요. 와이투케이 붐이라고 들어봤어요?"

연아는 언젠가 유튜브에서 본 빈티지 감성 브이로그를 떠올렸다. 사장이 캠코더 한 대를 켜 메뉴를 설명했다. 연아가 흥미를 보이자 태현은 아주 짧게 연아의 모습을 찍어주며, 평소에는 관심도 없던 와이투케이라는 단어를 이도에게서 배운 후 잘 써먹은 스스로를 칭찬했다. 연아 또한 유튜버처럼 한껏 포즈를 취했다. 그러자 사장이 두 사람을 실구매자로 오인하여 가격 이야기를 꺼냈다. 태현이 알아보러 왔을 뿐이라며 염소 소리로 어물쩍 넘기는 모습을 보자 연아의 흥은 다시 식었다.

이후에도 몇몇 상점을 방문했고, 몇 대의 카메라를 더 보았다. 태현은 그때마다 연아에게 카메라의 세계를 성심성의껏 설명했다. 하지만 들으면 들을수록 연아의 집중력은 크게 줄어 갔다. 물론 연아는 태현의 노력에 호응해 주려 최선을 다했다. 스포츠용품점이나 가자는 말을 하지 않은 것만으로도 나름 배려한 셈이었다.

"나 저거 구경할래."

카메라 밭에 진절머리가 날 때쯤 연아가 옆 구역으로 피신

했다. 오디오 섹션 중에서도 녹음기 전문점이었다. 카메라보다 찾는 이가 적어 진열장 겉면이 먼지로 뿌옜다.

"녹음기 실제로는 처음 봐. 이거 작동돼요?"

휴대폰으로 모바일 게임을 하던 사장이 연아 쪽으로 고개를 돌렸다. 언짢은 투로 반문하려다 둘이 학생임을 파악하고는 표정을 바꾸었다.

"당연히 되죠. 테스트 필요한가요?"

"그런건 아닌데, 어떻게 쓰는 거예요?"

"전원 버튼이랑 리코딩 버튼이 있고요. 이걸 눌러서……."

연아는 태현이 카메라 상점에서 사장들과 소통할 때 곁눈질로 배운 대로 질문을 던지고 답을 들었다. 사장이 예시로 목소리를 입혀 보라 하자 연아는 아무 말이나 해 보았다. 음질이 좋은 기계였지만 녹음된 결과물을 들으니 자신의 목소리가 영 어색했다. 연아는 카메라보다는 녹음기 쪽이 더 재미있었다. 태현도 아쉬운 내색을 숨기고 녹음기를 구경했다.

"고등학생 맞죠?"

사장이 꺼내 놓은 녹음기를 정리하며 물었다. 연아가 조금 실망한 투로 받아쳤다.

"저희 어른처럼 안 보이나 보네요."

"아뇨. 얼마 전에 다른 고등학생도 사러 왔길래 혹시나 해서

물었죠. 우리는 온라인 주문이 많은 가게인데 직접 오는 경우는 드물어서 기억하거든요. 해랑고라고 하던데."

"해랑고요? 저희도 그 학교 학생이에요. 혹시 어떤 사람이었는데요?"

사장은 손가락으로 안경알을 만드는 시늉을 했다.

"빨간색 안경을 낀 여학생이었어요. 요즘은 학교에서도 녹음할 일이 있나 봐요?"

연아가 의아한 듯 머리를 긁적였다. 태현이 순간 고개를 옆으로 슬쩍 꺾으며 뭔가를 떠올렸으나, 입 밖으로 내진 않았다.

"이전 학생이 사간 모델은 이건데 관심 있어요? 연속 저장이 가능하고 사람 음성이라면 멀리 있는 것까지도 민감하게 다 수음해요. 지금 할인 중인데 얼마냐면은."

사장이 계산기 버튼을 꾹꾹 눌렀다. 화면에 뜬 숫자를 확인한 연아가 상체를 뒤로 뺐다. 사장은 이전 손님과 달리 오늘 손님에겐 녹음기를 구입할 의향이 없음을 단번에 눈치챘다. 표정이 빠르게 굳어졌고, 호의적이었던 말투도 이내 거둬들였다. 태현은 적당히 인사말을 남기고 다음 카메라 판매대로 연아를 이끌었다.

두 사람은 비슷비슷한 카메라 수십 대를 보았고, 드문드문 음향 기기도 구경했다. 열 번 중 아홉 번은 태현의 흥이 올랐고, 한 번 정도는 연아도 신이 났다. 결국 다 둘러보는 데 한 시간도 채 걸리지 않았다. 태현은 이도와 왔을 때와 전혀 다른 분위기에 당황했으나 그 모습을 숨기려 노력했다.

"카메라로 사진 찍어 주는 거 말고, 녹음기로 직접 부른 노래 녹음해 줘."

"갑자기요?"

"오늘 보니까 카메라는 영 재미가 없어서. 근데 녹음기는 낭만적인 것 같아. 뭔가 더 아날로그적이고. 안 그래?"

"카메라도 낭만적인 기계예요! 제가 누나 찍은 사진들 보여 드렸잖아요."

"화질이 너무 좋아서 나 겨드랑이 제모 덜 된 것까지 보였잖아. 별로야."

연아는 애정을 담아 투덜댔다. 태현은 그 말이 달갑게 들리지 않았다. 연아에게 보낸 사진은 450장 중 추리고 추린 A컷들이었다. 연아는 그 사진을 SNS에 올리지도, 프로필 사진으로 걸어 두지도 않았다. 그것까지 바라는 일이 욕심임은 모르지 않았지만, 연아가 아예 마음에 들어 하지 않는다는 사실은 태현에게 충격이었다.

"열심히 찍은 건데……."

"알지, 알지! 근데 난 카메라 같은 거 잘 몰라서 그래."

"카메라를 몰라도 사진은 받으면 기분 좋지 않나요?"

태현이 연아에게 준 데이터들은, 태현의 세상에선 가장 값비싼 선물이었다. 하지만 그 가치가 상대의 삶에도 똑같을 거라는 확신은 하지 말았어야 했다. 연아는 태현이 얼마나 사진을 좋아하는지 잘 알고 있어도 수많은 사진을 일일이 확인하고 기뻐하는 일에는 열의가 생기지 않았다. 그래서 태현이 좋아하는 방식으로는 기뻐해 줄 수 없었다. 비록 연아가 태현보다 어른스럽긴 해도 둘 다 서로에게 서투른 건 마찬가지였다.

"응, 좋았어. 정말 너무너무 고마웠어."

"거짓말. 누나는 진짜 좋아하는 것들에는 그렇게 반응 안 하잖아요."

"사진 얘기는 그만하자. 오늘 너 때문에 실컷 카메라 구경 실컷 했으니 충분해. 네가 얼마나 사진을 좋아하는지 확실히 잘 알았어."

살짝 굳어진 태현의 표정을 연아는 눈치챘다. 자길 만난다고 평소 입지 않던 옷까지 입은 상대에게 거르지 않고 말한 것을 후회했다. 연아는 분위기를 더 망치고 싶지 않아 더 이상 사진 이야기를 꺼내지 않겠다 마음먹었다. 그러나 반대로 태현은 여전히 사진 이야기를 좀 더 하고 싶었다.

"태현아, 우리 오늘 점심 뭐 먹어?"

"파스타요. 혹시 괜찮다면 사진이요, 보정을 해 드릴까요? 누나는 원본 그대로 멋져서 그냥 드린 건데."
"아냐, 아냐. 사진 얘기는 이제 그만! 알리오올리오 먹을까?"
"사진 얘기가 그렇게 싫어요?"
"응?"
둘의 표정이 미묘하게 같아졌다. 서로 다른 감정이긴 했으나 호감이 식었을 때 보이는 이목구비는 엇비슷했다. 태현은 1년 전으로 돌아온 것이 후회됐다. 이뤄지지 않는 짝사랑임을 예상 못 한 건 아니었으나 새롭게 상처받을 필요는 없었다.
'사진'이라는 동일한 대상을 이야기했지만, 둘에게 그 의미는 달랐다. 태현에게 사진이란 애호이자 기호이며 취미이자 특기였다. 곧 삶의 모든 것이었다. 태현은 자신이 입시를 준비하지 않고 프리랜서 포토그래퍼를 준비한다는 사실을 연아에게 말한 적이 있었다. 남들과 같은 길을 걷지 않아도 존중받고 싶다는 욕망인 동시에 같은 예체능 계열을 준비하는 사람과 유대를 쌓고 싶다는 의지이기도 했다. 연아의 사진을 찍어 주며, 그녀와 가까워지길 바랐던 욕구의 밑바닥에는 단지 이성적 애정뿐 아니라 학급의 친구로는 채울 수 없었던 다른 욕구도 있었던 것이다.
하지만 연아에게 사진은 그냥 사진이었다. 연아는 태현이 같은 예체능 계열의 학생이라 가까워졌다고 생각한 적이 없었다. 오히려 자신이 속한 지긋지긋한 집단과 전혀 다른 분야의 사람으로부터 마음을 환기하고 싶어 태현을 선택했다. 더군다나 연아는 프로 선수를 목표로 체육을 선택한 사람이고, 그것은 매우 가시적이었다. 해랑고의 어떤 사람도 연아가 배구선수를 준비하고 있다는 사실을 모르지 않았다. 반면 태현의 상황은 가시적이지 않았다. 태현이 포토그래퍼를 꿈꾸고 있다는 걸 아는 사람들이란 사진부원들이 전부였다.

태현이 말꼬리를 잡는 순간부터 연아는 태현에게 조금씩 정이 떨어졌다.

"왜 자꾸 애처럼 응석을 부려."

그 말 한마디에 태현이 쌓아 올렸던 마음의 탑도 휘청거렸다.

"애처럼요?"

"그래, 애처럼. 사진 얘기 그만하자니까."

"아아. 역시 누나랑 친한 형들에 비하면 저는 그냥 한낱 동생처럼만 보이는 거죠? 알아요, 알고 있다고요."

"그 얘긴 또 뭐야. 내가 언제 친구들이랑 너를 비교한 적이 있어?"

"없어요."

"근데 왜 그래?"

태현은 자신도 모르게 언성을 높였다.

"신경이 쓰이니까요!"

태현의 유치한 행동에 가장 놀란 건 다름 아닌 태현 자신이었다. 태현은 자기 안에 이 정도로 미성숙한 자아가 있을 줄은 몰랐다. 상대를 좋아하는 만큼 어른이 되기는커녕 아이가 되어 버린다는 사실을, 조절에 실패한 목청으로 깨달았다.

이미 물은 엎질러졌다. 연아의 구겨진 얼굴을 보는 순간 태현은 오늘 데이트가 끝났다는 확신이 섰다.

"실수였어요, 누나."

연아는 타인들과 태현이 다를 바가 없음을 직감했다. 그 단순한 판단은 여태껏 둘이 쌓아 온 감정의 층을 한순간에 무너뜨릴 정도로 강력했다.

"난 우리가 마음이 잘 맞아서 친해진 줄 알았어."

"진심이면 좋겠어요."

"비꼬는 거야?"

"아뇨."

"난 나한테 떼쓰는 애랑은 친해질 수 없어."

"떼쓴 거 아니에요. 그냥 우리가 좀 다른 사람인가 보죠."

태현은 시간을 되돌려 왔는데도 연아와의 언쟁을 피하지 못했다는 사실이 한탄스러웠다. 원래의 시간선에서 겪었던 영화

관 데이트도, 이번의 디지털 상가 데이트도 결국 결말은 동일했다.

그리고 연아는 태현의 마음을 정리시켜 버리는 말을, 이번에도 똑같이 하고야 말았다.

"바라보는 곳이 같으면 아무리 다른 사람이라도 친구가 돼. 그런데 바라보는 곳이 다르면 아무리 같아도 언젠가는 멀어져. 난 너랑 즐겁고 좋은 이야기만 하고 싶었어."

태현이 쓴 침을 삼켰다. 고백하기에 가장 좋은 날이었던 하루. 그것은 곧 품고 있던 마음에 새로운 라벨을 붙여 주기에 가장 적합한 날이라는 의미기도 했다. 그러니 가장 좋은 날이면서 동시에 최악의 날. 결국 마음을 끝내기에 가장 좋은 하루였다.

태현은 잠깐 화장실에 다녀오겠다고 말하고선 황급히 자리를 떴다. 두통이 몰려와 눈을 질끈 감았다. 이 정도면 충분했다.

*

눈을 뜬 태현은 세 개의 이마를 보았다. 사진부원들이 자신을 동그랗게 감싼 채 내려다보고 있었다. 걱정스러운 표정을 한 이도와 우주가 상체를 일으키려는 태현을 부축했다.

"정신이 좀 들어?"

"벌써 저녁이야."

태현은 서둘러 휴대폰으로 시간을 확인했다. 우주가 말한 대로 바깥이 어둑해졌다. 알 수 없는 미지의 힘으로 제법 많은 시간을 다시 살고 왔다는 것이 믿기지 않아 얼떨떨했다.

"고백은 성공했어?"

이도가 물었고 태현은 마른세수를 한 뒤 벗어 놨던 안경을 꼈다. 이제야 모두가 다 아는 태현이었다.

"별로 말하고 싶지 않아."

이도와 우주는 태현이 무슨 결말을 감추는지 정확히 예측했기에 말을 아꼈다. 태현은 다소 경직된 표정으로 소감을 말했다.

"그건 그렇고, 스토커 누나는 자살한 게 아닌가 봐."

태현이 조심히 운을 떼자, 앞서 같은 얘기를 했던 우주가 힘을 얻었는지 확신에 찬 목소리로 대꾸했다.

"회장 오빠가 연관되어 있는 거 맞지?"

"내가 다녀온 과거에서도 그런 이야기를 들었어. 원래 그 누나가 아니라 회장 선배가 먼저 호감을 표현했대."

가만히 듣고 있던 지나가 발끈했다.

"개소리하지 말라니깐?"

폐건물이라 아지트에는 전기가 들어오지 않았다. 넷은 휴대폰 플래시 위에 종이컵을 엎어 조명처럼 쓰고 있었다. 지나가 홧김에 종이컵을 탁 쳐 버렸다. 강한 빛이 곧장 천장에 닿았다.

"귀신이 고백에 성공하라고 초대장을 줬구먼 다들 무슨 헛소리를 하는 거야?"

태현이 그런 지나의 주머니를 가리켰다.

"이제 네 차례니까 너도 가서 직접 봐."

지나는 협조할 의사를 보이지 않았다.

"평생 사랑이 안 이뤄져도 솔직히 나는 상관없거든? 너희도 알지? 난 안 찢을 거야."

그 단호한 말투에 가장 먼저 반기를 든 건 이도였다. 모두가 곤란한 일을 겪었는데 혼자만 빠져나가는 것은 무책임하다며 지나를 다그쳤다. 우주는 그런 지나에게 이렇게 된 이상 추측이 헛소리라는 걸 증명하기 위해서라도 과거로 가 살펴 달라 부탁했다. 지나는 영 내키지 않아 했다. 우주가 지나를 격려하기 위해 재차 등을 감쌌다.

"너는 그냥 집에서 잠들기 전에 찢고, 꿈을 꾸듯 다녀오면 돼. 어쨌든 회장 오빠를 만나러 가는 길인 거잖아."

지나가 짝사랑을 한지는 어언 2년째였다. 은호의 평판에 흠집을 내는 일이라면 무엇이든 믿지 않을 만큼 공고한 감정이었다. 하지만 초대장은 실제로 기능했고, 친구들의 경험도 거짓이 아니었다. 자신이 찢지 않으면 자율학습실에서 본 경고가 실제로 일어날지도 몰랐다.

넷은 아지트에서 나와 늦은 귀갓길을 걸었다. 우주와 이도, 태현이 과거에서 본 것들을 서로 확인하며 과연 수진에게 무슨 일이 있었는지를 추리했다. 입이 댓 발 튀어나온 건 지나 뿐이었다.

갈림길에서 태현이 부탁했다.

"아마도 죽은 선배가 녹음기를 샀던 것 같아. 과거로 가서 조사해 줘."

"조사는 무슨······."

"억울한 일이 있다면 풀어 줘야 하잖아. 우리는 의리의 사진부니까."

헤어질 때마다 항상 가장 호탕하게 인사하던 지나였지만, 오늘만큼은 당당한 목소리가 나오지 않았다. 다른 부원들도 마찬가지였다. 각자 조용히 작별을 나눈 뒤 네 갈래로 흩어졌다.

*

집으로 돌아온 지나는 즉시 옷부터 갈아입고 화장실로 향했다. 하루의 먼지를 다 씻어 내도 겪은 일까지 없어지지는 않았다. 샤워를 마친 후 밤마다 쓰는 다이어리를 펼쳤다. 은호 이야기가 가득했다. 지나는 오늘의 일기에 사진부원들을 향한 원망을 쓰려 펜을 쥐었지만, 손이 움직이질 않았다. 한 글자도 적지 못한 채 그대로 다이어리를 덮었다.

'찢지 않으면 앞으로 모두의 사랑이 성사되지 않는다고 했어. 근데 난 상관없다고!'

그 생각은 사실이었다. 영원히 누군가와 연인이 되지 못한다 해도 괜찮았다. 적어도 지나에게는 그랬다. 지나는 짝사랑을 대하는 태도가 다른 아이들과는 달랐다. 하지만 혼자가 아닌 사진부원들 모두에게 내려지는 저주이니 고민이 될 수밖에 없었다.

한숨을 쉬었다. 한 명도 아닌 셋이 은호의 수상함을 주장하는 상황이었다. 지나 또한 본능적으로는 아무리 자기가 좋아하는 사람이라 할지라도 어딘가 미심쩍다는 사실을 알고 있었다. 손에 쥔 초대장을 찢으면 짝사랑이 이뤄질 확률이 가장 높은 순간으로 가게 된다는데 그날이 언제든 지나는 썩 내키지 않았다. 사랑에 대한 환상을 스스로 깨는 일일지도 모르기에 겁이 났다.

'사진부 괜히 들어갔어. 짜증 나······.'

아침이 되기까지 밤은 길었다. 어쩔 수가 없었다. 지나는 마지못해 침대에 누워 종이를 찢었다.

5월, 네가 아니어야 한다면

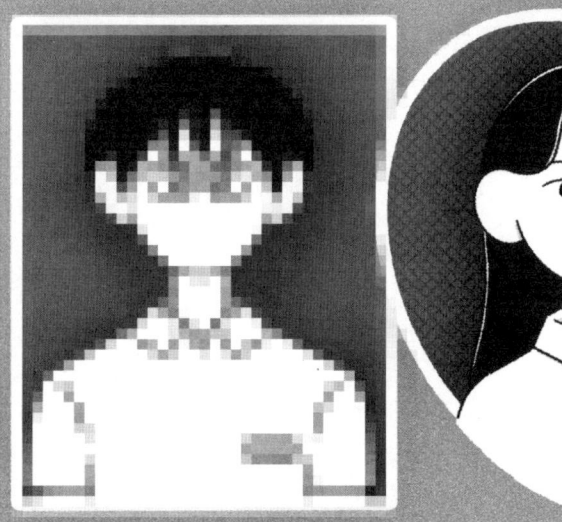

네가 좋아하는 사람, 사실 어떤 사람인지 알고 있지?

도착한 순간은 체육대회가 끝난 하굣길이었다. 침대에 누워 있던 지나는 갑자기 걸음을 걷는 몸짓이 어색해 몸을 휘청였다. 누군가 옆에서 지나를 부축했다.

"괜찮아?"

중학교 내내 같은 반이었다가 고등학교는 옆 학교로 배정받은 수혁이었다. 같은 동네에서 살았기에 1년 전의 지나는 수혁과 매일 함께 하교했었다. 분명 이날까지는.

지나가 흔들린 머리칼과 옷을 매만져 정리했다. 익히 설명을 들었기에 빠르게 정신을 차렸다. 온몸에 힘을 주고 1년 전 육체의 감각에 익숙해지자마자 어깨를 부축하던 수혁의 손을 밀어냈다.

"잠깐 어지러워서 그래. 나 편의점 들렀다 갈 건데 너 먼저 가도 돼."

"같이 가자."

"음…… 이마트도 들렀다 갈 건데 먼저 갈래?"

"거기도 같이 가자."

18세의 지나는 17세의 지나가 수혁에게 들을 말을 모르지 않았다. 오늘 수혁은 지나에게 고백한다. 그리고 거절당한다.

중학생 때만 해도 관심을 먼저 표현한 쪽은 지나였다. 그리고 수혁이 거절했다. '우리 그냥 친구로 지내자' 어쩌면 수혁의 그 거절 덕에 둘은 베스트프렌드가 됐는지도 모른다. 생김새가 준수한 수혁을 지나는 3년간 끈질기게 짝사랑했고, 수혁은 다른 아이를 좋아했다. 그런데 고등학교로 진학하며 전세가 역전됐다.

"지나야. 할 말이 있어."

수혁이 앞서가는 지나를 불러 세웠다. 마트든 편의점이든 고백으로부터 도망치려던 지나는 발 밑창에 껌이라도 붙은 듯 발바닥을 질질 끌며 나아갔다. 수혁이 빠르게 앞으로 달려가 아예 지나 앞을 가로막았다.

"너한테 옛날 일은 사과하고 싶어."

"잘못한 일 없어. 사과하지 마."

"중학생 때는 나영이를 좋아한단 이유로 널 몰라봤어."

"아냐! 나영이 정도면 진짜 진국이지. 난 괜찮으니까 계속 좋아해도 돼! 킵고잉!"

지나가 어색하게 엄지를 치켜들며 수혁의 철 지난 사랑을 응원했다. 마음을 완곡히 거절하려는 그 뻣뻣한 모습이 수혁에겐 귀엽게만 보였다. 지나는 중학생 때와 달리 꿀이 떨어지는 상대의 눈을 보며 좌절했다. 왜 자신을 좋아하는 걸까, 하고.

어린 시절부터 인기가 없는 편은 아니었다. 화이트데이마다 서랍이 미어터지는 학생은 아니었어도 익명의 사탕 박스 한두 개쯤은 지나의 책상 위에도 있었다. 모르는 아이는 몰라도, 아는 아이는 좋아하게 되는 타입. 조용히 뒤에서 연애라는 대사업을 수행하는 아이. 지나는 친구들 사이에서 그런 타입으로 분류됐다. 자신을 어떤 방식으로든 꾸밀 줄 아는 적극성과 솔직함이 지나의 매력이었다. 수혁 또한 나영이라는 짝사랑 상대에게 거절당한 뒤, 한 발 늦게 지나를 좋아하게 됐다.

그렇기에 지나는 더 이상 수혁을 좋아하지 않았다.

"있잖아, 나 사실 예전부터 너를……."

"수혁아, 내가 혹시 너한테 회장 오빠 얘기를 했었나?"

"응?"

"우리 학교에 은호 오빠라고 유니콘 같은 회장이 있거든? 나 그 오빠 보고 첫눈에 반해서 요즘 잠도 못 자."

"아……."

수혁이 목덜미를 쓰다듬으며 겸연쩍어했다. 지나는 쐐기를 박기 위해 주머니에서 포토카드를 꺼냈다.

"이렇게 손수 포카까지 만들었어!"

지나가 사랑을 한껏 담은 얼굴을 보이자 수혁은 고개를 숙이고 망설였다. 지나는 이 시간선에선 수혁이 고백하지 않길 바랐다. 왜냐하면…….

"지나야, 나 사실 너 좋아해."

"배수혁."

"응?"

"이제 너랑 같이 집에 못 가겠다."

지나에겐 병이 있었으니까. 자신을 좋아하면 흥이 식는 지독한 짝사랑 중독병.

지니는 가방끈을 쥐고서 몸을 휙 틀었다. 그대로 혼자 가 버리는 발짓이 경쾌할 정도로 빨랐다. 수혁이 이름을 부르며 멈춰 세우려고 했지만, 고백을 들은 지나는 망설임이 없었다. 최선을 다해 수혁에게서 멀어졌다. 그리고 수혁의 번호를 차단해 버렸다.

지나는 자신을 좋아하는 사람을 좋아하지 못했다. 고백만 들으면 희한하게 천년의 호감이 식어 버렸고, 오묘한 미움까지 피어올라 상대와 같이 있는 순간이 거북했다. 지나의 호감은 오직 벽 같은 상대를 향해서만 작동했다.

사랑이 크리스마스라면, 지나는 트리 꼭대기의 별만 좋아했다. 사랑이 케이크라면 가장 귀한 체리 토핑만 원했고, 사랑이 보석이라면 수중의 돈으로 사지 못할 다이아몬드를 원했다. 지나에게 사랑은 어렵고 귀하고 멀어야만 했다.

이것은 지나가 1년 전이나 지금이나 은호를 좋아하는 이유기도 했다.

✽

체육대회가 끝난 후 지나가 가장 먼저 한 일은 사진 보정이었다. 해랑고에는 '실버타이거'라 불리는 소규모 온라인 팬덤이 존재했다. 학생회장 이은호를 좋아하는 익명의 학생들이 삼삼오오 모여 오픈 카톡을 중심으로 활동했는데, 주로 회장의 소식이나 일정, 직접 찍은 사진들이 공유됐다. 더러는 아이돌 사생팬처럼 은호의 일거수일투족을 쫓기까지 했다. 그 대표주자가 지나였다. 이 팬덤에는 1학년부터 3학년까지 다양한 학생들이 가입되어 있으나 익명 활동을 위해 서로의 학년만 알 뿐 친목은 엄금이었다.

당사자인 은호가 문제를 제기하지 않아 회원 활동에는 한 번도 빨간불이 켜진 적이 없었다. 그도 그럴 것이, 은호가 회장 선거에 당선될 수 있었던 이유도 실버타이거의 활약 덕이었다. 은호는 내심 실버타이거의 화력이 줄어들지 않기를 바랐다.

 -사회 보는 은호쿤....... 메차쿠차 카와이.......
 -아 미쳤다ㅠㅠㅠ 은호는 매일 껍질을 두고 학교 오나? 완전 바나
  나 속살이심ㅋ
 -지지 님 사진 진짜 잘 찍는 듯ㅎㅎ 금손 포카 감사합니당
 -이은호 내가 낳을걸. 나 왜 후배지.

약 서른 명의 회원 중 지나의 닉네임은 '지지'이었다. 누군가를 덕질하는 데 능했던 그녀는 좋아하는 사람으로 굿즈를 만드는 데 도가 텄다. 은호의 멋진 모습을 담은 포토카드, 키링, 스티커, 심지어 은호가 회장 당선 연설의 말미에 치켜든 주먹 사진으로 만든 그립톡까지. 실버타이거 회원을 위한 재능 나눔을 아끼지 않았다.

체육대회에서 인기가 많았던 사진은 미션 달리기 파트너로 선택한 수진에게 기사 자세로 손을 내미는 컷이었다.

　-고삼이라 체육대회 불참한 내 인생 ㅎㅌㅊ레전드
　-자애로운 은호. 스토커한테도 손 내밀 줄 아는 인성. 그저 빛
　-ㄴㄴ그거 아님. 울 옵이 대놓고 깝치지 말라고 광역 경고하는 거
　　임ㅋ 폭스 은호찡 머리 완전 좋긔
　-됐고 뽈데녀 진짜 존나 짜증―― 약쟁이 수학 벌레 주제에

하필이면 가장 인기가 많았던 컷에 실버타이거 회원들이 싫어하는 여자가 포함되어 있었다. 그 사실에 모두가 언짢음을 토로하자 지나는 회원들을 위해 수진을 자르고 은호만 남긴 뒤 자연스레 보정했다.

은호의 열성팬들이 주로 활동하는 패션부를 주축으로 스토커인 수진을 향한 멸칭이 생겨났다. 그중에서 지나가 흐린 귀로 모른 체했던 것은 '약쟁이'였다. 수진이 몽롱한 기분을 느끼려고 해열제를 자몽향이 나는 이온 음료와 섞어 자율학습실에서 마시는 걸 누군가 목격한 뒤 붙은 멸칭이었다. 지나는 수진을 경멸하는 일에 지나는 얼마든지 동참할 수 있었지만, 적어도 약쟁이라는 멸칭만큼은 입 밖으로 꺼내지 못했다.

찜찜한 기분으로 회원들을 위한 포카 제작에 다시 열중했다. 오직 인쇄비만 받고 판매했는데 수요가 많아 실버타이거 멤버 대다수가 지나의 굿즈를 구매했다. 픽업 장소는 4층, 자율학습실 앞 32번 신발장이었다. 오래전 4층의 CCTV가 고장 났으나 학교 측에서 비용 부족을 이유로 수리하지 않은 덕에 굿즈 교환 장소로 쓰기 좋았다. 자물쇠 비밀번호를 공유하면 멤버들이 양심껏 물건을 가져가고, 현금을 넣어 두는 방식이었다. 가끔 양심 없이 무상으로 가져가거나 돈을 훔쳐 가는 절도 멤버들이 있긴 했지만, 지나는 크게 개의치 않았다.

-지지님 진챠 고마워요....... ㅠㅠ
-지지님 없었으면 학교생활 ㄹㅇ 흑백이었을 듯
-당신은 우리의 짝사랑 지킴이

지나에게 실버타이거 활동은 대학 입시보다 더 중요했다. 자신의 열정으로 타인에게 행복을 선사한다는 사실은 점심시간에 급식을 1등으로 받을 때의 기쁨을 상회했다. 좋아하는 일을 하며 결이 맞는 사람들에게 인정받는 기분은 지나의 효능감과 자존감을 두루 채웠다. 팬클럽 활동을 통해 긍정적인 감정만 얻고 있기에 당연히 팬클럽의 중심인 은호를 향한 애정도 커져만 갔다.

'1년 전의 오빠 완전 뽀송뽀송해! 실컷 보고 돌아가야지.'

은호는 잘 생겼고, 키가 컸고, 젠틀했으며, 학업이 우수했고, 교사들에게 신임을 받았다. 은호를 좋아하는 아이들은 실버타이거 회원뿐만이 아니었다. 은호가 주말마다 다니는 고액의 수학 학원에 있었고, 등굣길의 편의점 알바생도 마찬가지였다. 은호가 있는 이상 실버타이거는 사라지지 않으며 지나의 역할 또한 사라질 리 없었다. 그런 실버타이거 활동이 주춤하게 된 것은 교내 투신 사건이 발생한 직후였다. 하필 사망 당시 은호가 목격자였기에 그 사건으로 은호 또한 심리 치료를 받으며 학교생활에 제동이 걸린 탓이었다.

'불미스러운 일'이라는 단어로 뭉개진 해당 사건은, 1년 후까지도 팬클럽 회원들이 쉬쉬하며 넘길 정도로 불편한 기억이 되었다. 지나 또한 그 이후로 예전만큼 활약하지 못했다. 이런 미래를 알고 있기에 지나는 1년 전으로 돌아와 누리는 즐거움이 마냥 개운하지 못했다.

-대박 뉴스! 오늘 은호짱 오후 7시에 자율학습실 방/문/예/정
-ㅋㅋㅋㅋ아 오늘 쌩얼인뎅ㅠ
-도서관 가는 척 보고 와야징 마주치면 개꿀

-그럼 체육대회 포카도 7시 전에 32번 신발장에 넣고 올게요.

이번 비번은 오빠 생일이구요. 훼걸들 좋은 하루 보내세영.

-감사합니다 지지님(하트)

은호와 같은 반에도 실버타이거 회원이 있는지 측근이라면 알기 어려운 세세한 교내 동선까지 모두 공유됐다. 지나 역시 휴대폰의 시간을 체크해 두고 포토카드를 챙겼다. 날짜를 살피니 수진이 투신하기 사흘 전이었다.

*

해랑고의 전 학년 자기주도학습은 오후 7시에 시작한다. 과외 및 학원 등을 이유로 불참하는 학생들은 모두 떠나기에 학교는 낮보다 훨씬 조용해진다. 동아리 활동이 있으면 관리 교사에게 허가받아 재량 활동을 할 수도 있는데, 당시 수학부는 입시에 도움이 된다는 이유로 유일하게 개별 자습이 허가된 동아리였다.

수학부원들은 교외 수학 경시대회에서 우수한 성적을 냈으며, 서로가 자율적으로 경쟁하고 성장하는 시스템을 유지했다. 교사들 입장에서는 밉지 않은 동아리였다. 하지만 어째서인지 수진이 가입한 후로는 은호가 입부생을 더 받지 않게끔 통제했고, 학생들 사이에선 수진이 신규 가입을 막고 있다는 소문이 돌았다.

지나는 6시 40분쯤 포토카드를 챙겨 4층으로 올라갔다. 4층에는 도서관과 자율학습실, 옥상이 전부였다. 도서관은 6시면 사서 선생님이 퇴근하기에 문이 닫혔고, 자율학습실은 수학부원들이 아니면 해당 시간에 이용이 불가했기에 4층을 찾는 학생은 없었다. 지나가 고요함을 깨트리지 않으려 발꿈치를 들어 올리고선 32번 사물함에 포토카드를 넣었다.

그때 계단에서 누군가 올라오는 소리가 들렸다. 당황한 지나가 벌떡 일어나 창문 밖을 보는 척했다.

상대가 다가와 지나의 등을 콕 찔렀다.

"안녕. 여기서 뭐 해?"

자율학습실 열쇠를 든 은호였다. 흡사 1백만 팬을 보유한 아이돌처럼 여유 있되 타성 없이 관리된 눈을 살짝 찌푸리며 지나를 내려다봤다. 상체를 숙여 지나와 눈높이를 맞춰 주는 폼이, 한두 번 해 본 솜씨가 아니었다.

"어, 저, 저는……."

"1학년이구나? 우리 수학부에 1학년 회원은 없는데 무슨 일이야?"

"아뇨, 그, 그게, 저는 도, 도서관 무인 반납기를 이용하려고…….."

"그래? 방법을 모른다면 내가 도와줄게."

"이미 반납했어요!"

"돕고 싶었는데 아쉽다. 자습하러 내려가야겠네? 조심히 내려가."

은호가 자기 뒷머리를 긁적이며 멋쩍게 웃었다. 지나는 1년 전으로 돌아와 한 번 더 그 미소를 직관할 수 있음에 속으로 쾌재를 불렀다. 말이 필요 없었다. 누구와 견주어도 우위를 뺏기지 않는 훌륭한 인간이 지나의 정수리를 노련하게 쓰다듬고는, 자율학습실 문을 열었다. 그 몸짓마저 기품이 있었다.

지나가 쭈뼛거리며 교실로 돌아가려는데 은호가 할 말이 있는지 지나를 불러 세웠다.

"너도 자몽워터 좋아해?"

"어떻게 아세요?"

"지난번에 네가 편의점에서 원 플러스 원이라면서 줬잖아. 기억하고 있거든."

과거에 지나가 은호의 하교 시간까지 기다렸다가 학교 앞에서 우연한 만남을 가장해 음료수를 건넨 일이 있었다. 덤으로 증정받았으나 배불러서 못 먹는다는 요망한 핑계로 은호에게

쥐여 주곤 곧장 달아났다. 은호가 그 일을 기억하고 있다니. 물 묻은 쇠젓가락으로 콘센트 구멍을 후벼 판 듯 지나의 온몸에 전기가 찌르르 돌았다.

"네 이름, 신지나 맞지? 고마웠어."

은호가 손을 흔들며 잘 가라 인사했다. 눈웃음은 상시 무상 제공 서비스였다. 단 최대 3초. 은호는 이내 자율학습실 안으로 사라졌다. 인사를 받은 지나는 아무렇지 않은 척 계단을 내려갔지만 10초도 지나지 않아 녹은 떡처럼 주저앉았다.

'미친. 내 이름을 기억했어……'

학교 최고 권위자인 이은호가, 모두의 우상인 이은호가 이름을 알고 있다니! 분명 1년 전으로 돌아온 것이라 한 번 겪은 일을 다시 겪고 있을 뿐인데도 모든 게 생경했다. 지나는 주먹으로 교복 셔츠의 앞섶을 팡팡 두드렸다. 심장이 주인을 닮아 방정맞게 촐싹거렸다.

'천년의 아이돌이라고! 저 오빠 분명 뜬다. 그것도 크게 뜬다.'

물론 지나는 잘 알고 있었다. 은호와 잘될 가능성은 없다는 사실을. 만인의 연인은 누구의 연인도 될 수 없다. 모두가 사랑하는 사람을 쟁취하는 일은 불가능할뿐더러 쟁취한다 한들 그 후가 행복하지 않으리란 건 실버타이거의 코어 회원인 지나

스스로가 제일 잘 알았다. 하지만 모두에게 허락되지 않는다면, 오염될 일도 없었다. 지문이 묻지 않은 다이아몬드야말로 가장 아름다운 보석이다. 그래서 지나는 은호가 더욱 좋았다.

좋아하는 마음을 엿듣고 자길 덜컥 좋아해 버릴 정도로 유약하지 않은 상대이며, 어지간한 노력으로는 결코 가질 수 없는 최정상의 존재이자 누구에게도 시시해지지 않는 사람. 지나는 오랫동안 그런 사랑이 좋았다. 쌍방의 사랑은 지나의 쟁취욕을 자극하지 못하니, 은호는 지나에게 소유욕을 꾸준히 불어넣어 줄 무한동력 모터나 다름없었다. 지나는 은호를 생각하는 이상 영원히 활기를 얻을 수 있었다.

이러한 이유로 짝사랑을 이루게 해 주는 초대장이 적어도 지나에게는 의미가 없었다.

"거기에 앉아서 뭐 해?"

난간을 붙잡고 있는 지나에게 한 여학생이 말을 걸었다. 올려다보니 빨간 뿔테를 끼고 해열제 한 갑과 자몽워터를 손에 든 수진이었다.

"혹시 몸이 좋지 않다면 내가 일으켜 세워 줄……."

"됐어요."

수진이 지나에게 손을 뻗었지만, 지나가 그 손을 파리잡듯 내려쳤다. 무안해진 수진은 손등을 만지작거리다 올라가 버렸다. 지나는 그런 수진의 작은 등을 보며 생각 외로 오지랖이 넓은 선배라 업신여겼다. 언젠가 죽은 스토커가 잔정이 많았던 타입이란 말을 들었던 것이 떠올랐다. 수진의 미간이 절로 구겨졌다.

'왜 투신해서 우리 오빠한테 안 좋은 남긴 거람. 마음에 안 들어.'

*

다음 날 이도는 종례가 끝난 후 지나를 후문 근처로 불렀다. 이도가 은밀하게 내민 건 조악한 사진부 모집 팸플릿이었다.

"김이도, 이럴 줄 알았다."

지나가 반질반질한 아트지 한 장을 받아 들고는 얼토당토않다는 표정으로 이도를 노려봤다. 당시 이도는 태현을 위해 사진부 창설 멤버들을 모으고 있었는데, 최소 인원을 채우지 못할 수도 있었기에 한 명 한 명이 절실했다. 지나는 미래에서 왔기에 사진부가 무사히 창설되리란 점을 알고 있었지만 다른 시간선의 존재라는 걸 들키지 않기 위해 적당히 놀란 체했다.

"진짜 태현이랑 사진부를 만들 셈이야?"

이도가 자신감 없는 목소리로 웅얼거렸다.

"너도 사진 찍는 일 좋아하잖아. 같이 창설하자."

"내가 좋아하는 건 회장 오빠지, 촬영이 아닌데?"

"포토카드 만드는 행위도 넓게 보면 사진부 활동이라 할 수 있어."

"이도야. 왜 태현이를 위해 사진부 멤버까지 모아 주는 거야? 너 태현이 좋아해?"

"아니거든!"

지나는 과거로 돌아가서도 이도의 마음을 잘 몰랐다. 1년 전과 똑같은 질문으로 되묻는 무신경함이 그러했다. 이도는 지나의 말에 정색하면서도 사진부 창설에 대한 의지만큼은 꺾지 않았다.

"네가 찍는 인물 사진에는 사랑이 담겨 있잖아. 그런 시선으로 촬영을 더 배운다면 사진전에 출품할 작품도 만들 수 있지 않을까?"

"뭘 입에 발린 말까지 하고 그래."

지나가 팸플릿을 꾹꾹 접어 주머니 안에 넣었다.

"가입해 줄게. 너나 태현이나 친구가 없으니 내 이름 하나가 절실하겠지. 그리고 이렇게 부탁한 거 아무도 몰라야 하니까 여기서 기어들어 가는 목소리로 말하는 거 맞지?"

지나는 이도가 자신에게 동아리 가입을 권유하는 모습을 부끄러워한다고 생각했다. 자존심이 강한 이도에겐 부탁하는 말이 내키지도 않고, 입에 잘 붙지도 않을 거라 생각했다. 또 제삼자에게 들키고 싶지도 않을 테니 굳이 후문에서 어렵게 이야기한다고 여겼다. 사실은 이도가 태현에게 들키지 않는 방법으로 은밀히 인원을 충원하고 있다는 걸 지나는 눈치채지 못했다.

"대신 나한테 이래라저래라 하기는 없기야. 너희랑 친구라서 가입하는 거지 사진부 활동에 아무 관심 없어."

"당연하지! 그냥 머릿수만 채워 줘!"

"너희니까 하는 거야."

"정말 고마워!"

이도는 가입 확정 멤버를 한 명 더 모았다는 생각에 기쁨을 감추지 못했다. 지나의 손을 덥석 잡았는데, 펄떡펄떡 튀어 오르는 모습이 뭍으로 올라 온 송사리 같았다. 방정맞은 이도를 보며 정말로 태현을 좋아하는 게 아닐까하는 의심이 지나의 머릿속에 3초 정도 머물렀으나 금방 사라졌다. 신이 난 이도를 보니 지나 역시 기뻤다.

은호를 따라다니는 일 때문에 바쁘긴 했으나 지나에게도 친구는 소중했다. 유일한 친구인 이도, 우주, 태현은 일상에서 비중은 작을지언정 지나의 10대를 외롭지 않게 해 주는 소중한 존재들이었다. 지나가 주머니에 손을 찔러 넣었다. 쑤셔 박은 팸플릿의 매끈한 면이 느껴졌다.

"사진이 아니었다면 너희랑 친해질 일도 없었을 테니까 사진부가 의미는 있겠어."

"그렇지? 넌 사진부 가입 꼭 해야 한다니까."

"그래, 한다고요."

이도는 행여나 지나가 마음을 바꿀까 싶어 손을 꼭 잡았다. 지나는 그 조급함이 성가시기도 하고 웃기기도 해 피식거렸다.

지나가 이도와 친해진 계기는 카메라 때문이었다. 1학년 학기 초. 은호에게 반한 이후 지나는 사진을 찍을 생각으로 작은 디지털카메라를 선생님들 몰래 들고 다녔다. 점심시간에 축구하는 은호를 촬영하다가 이도와 태현에게 들킨 적이 있었는데, 그때 둘은 지나의 은밀한 행위에는 전혀 관심이 없었고 사진에만 흥미를 보였다. 완벽한 포커스와 구도, 빛 표현과 포즈 포착! 지나가 찍은 사진을 보고, 두 사람은 마치 실버타이거 회원처럼 극찬을 아끼지 않았다.

오래전부터 지나는 친구들에게 이해받지 못하는 외로운 사랑을 해 왔다. 사람들은 연예인이 아닌 주변인을 덕질하는 지나를 이상한 학생으로 낙인찍곤 했다. 그런 지나에게 상냥히 굴었던 친구가 늘 한 명씩은 있었다. 그들은 지나의 짝사랑을 이해해 줬고 다정히 상담해 줬다. 지나가 부탁하지 않아도 주말에 혼자 있지 않게끔 영화표를 예매해 함께 극장에 가며 외로움을 덜어 줬다. 지나는 자신에게 무관심한 가족에 대한 고민까지 종종 털어놨다. 매일 같이 하교할 정도로 가까워지면 그들은 어김없이 지나에게 고백했다. 좋은 친구를 잃고 싶지 않은 마음에 지나가 고백을 거절하면 다른 누구보다 차갑게 돌변했다.

 남몰래 간직했던 고민을 나눴던 순간이 그저 누군가의 성적 긴장을 충족시켜 주는 행위일 뿐이었다는 걸 알아차린 뒤, 인간관계를 대하는 지나의 회의감은 세상 모두를 향해 바이러스처럼 퍼져 갔다. 이후에도 유사한 친구들은 계속해서 나타났다. 마치 공략하기 어려운 맵 대신 난이도가 낮은 맵을 기웃거리는 유저들처럼 상냥한 목소리 뒤에 음흉한 의도를 갖고서 지나를 이해하는 척 다가왔고, 문을 열어 주면 고백했다. 거절 당하면 수용하지 않고 괴물로 변했다. 지나는 상처를 다독여 주는 척하며 자신을 연애 상대로 대하려는 사람들이 지긋지긋했다.

 반면 이도와 태현, 우주는 달랐다. 겉보기에 어수룩한 면이 있었으며 사회성도 부족했고, 인간관계도 영악하지 못했다. 그러나 누구도 지나를 짝사랑하지 않았다. 지나가 실버타이거 활동에 푹 빠져 있던 때도 그들은 바보처럼 사진 칭찬만 했다. 지나는 친구들과 함께일 때는 징그러운 사람도, 예비 애인도 아니었다. 그래서 지나 또한 이도와 태현, 우주에게 도움이 되는 일이라면 기꺼이 노력하겠다고 마음먹었다.

'이런 친구들이 엄한 사람을 의심할 리가 없는데.'

그렇기에 혼란스러웠다. 그 소중한 친구들이 모두 은호의 수상함을 거론했다. 사건의 진상을 밝힐 마지막 배턴은 자신이 쥐고 있었다. 지나는 은호를 좋아하는 마음만큼이나 우정이라는 감정 또한 모른 척할 수 없었다. 성가시고 골치 아팠지만, 친구들의 말을 믿어야 한다는 생각이 마음의 문을 슬며시 두드렸다.

특히 곁에서 사진부 창설에 일찍부터 기뻐하는 이도의 얼굴을 보면, 도무지 빈손으로 돌아갈 수는 없었다.

'하지만 그 사실을 꺼내기는 싫은걸······.'

과거에도, 미래에도, 은호에 대해 알고 있는 비밀 하나를 털어놓을 자신이 없었다. 누구보다 은호를 가까이에서 관찰한 지나만이 알고 있는, 은호의 유일한 단점 말이다.

✱

밤 11시. 지나는 학교 정문 앞 편의점에서 삼각김밥을 먹으며 기다렸다. 이렇게까지 할 생각은 없었지만, 반대로 딱 이것만 하고 관두자는 결심이 섰다. 저 멀리서 심야 자습 후 홀로 하교하는 수진이 보였다.

자연스레 그녀를 뒤쫓았다. 발소리를 죽이고 따라가면서 해야 할 말을 고민했다. 수진의 체구가 작아 머리부터 발끝까지 한눈에 담겼다. 가는 내내 가방끈을 쥐고 걸을 뿐 휴대폰을 보지도 않았다. 음침한 스토커라는 소문과는 어울리지 않는 면모였다. 지나는 그런 수진이 내일이면 투신한다는 게 믿기지 않았다.

"아까부터 왜 따라와?"

별안간 수진이 뒤를 돌아봤다. 말투가 도도해 그냥 물어도 쏘아붙이는 듯했다. 손에는 펜처럼 생겼으나 펜이 아닌 도구를 쥐고 있었다. 붉은 뿔테 안경이 가로등 불에 반짝거렸다. 오밀조밀한 이목구비로 언짢아하는 표정이란, 제법 귀엽다는 감상까지 일어 미래로 돌아가서도 잊지 못할 것 같았다.

지나는 아직 해야 할 말을 다 정리하지 못했다. 뭐라고 물어야 수진의 정체를 파악하면서 내일의 사건도 막을 수 있을지 고민하는데, 오히려 말을 잇는 건 수진이었다.

"너도 내 뒤를 캐고 다니는 거니?"

지나가 캐는 건 오직 은호의 꿍무니뿐이었다. 불쾌해하며 손사래를 쳤다.

"그냥 집 가는 방향이 이 길이거든요?"

"지난번에 자율학습실 계단에도 있었잖아."

"언니랑 상관없는데요?"

수진이 손에 쥔 것을 딸칵였다. 그러고는 재빨리 주머니에 넣었다. 지나는 그것이 태현이 말한 녹음기라는 걸 알았다.

"언니가 스토커인데 왜 그런 걸 들고 다녀요?"

수진은 자신을 모욕하는 질문에 질린다는 얼굴로 지나를 훑었다. 답 없이 등을 돌려 원래 가던 길로 향했는데, 그 행동을 수상쩍게 본 지나가 바짝 따라붙었다.

"언니가 은호 오빠한테 약을 권한 거 맞죠?"

그 말에 수진이 과속방지턱을 넘듯 몸을 통째로 덜컹거렸다. 그러고는 더 이상 앞으로 나아가지 않았다. 지나는 망설이면서도 수진 옆에서 떠나지 않고 말을 이었다.

"언니 때문에 은호 오빠가 그 약을 수면제 대용으로 쓰는 거 맞잖아요. 그렇죠?"

수진은 대답하지 않았다.

"오빠가 좋으면 저처럼 건전하게 좋아해야죠. 언니한테 매달리길 바라서 그 해열제에 중독되게 만든 거 맞죠? 저 다 알아요. 둘이서 새벽마다 그 약을 자몽워터랑 먹었잖아요, 다 봤어요!"

수진의 표정이 매섭게 일그러졌다.

"넌 이은호가 얼마나 병든 놈인지 몰라."

"병든 사람은 언니죠."

"걔는 집에서 썩어 나온 상품이야. 자기 부모한테 매일 시달리느라 학교에서라도 우상화되지 않으면 못 견디는 미친놈이라고."

"무슨 소리······. 은호 오빠 집 부자인 거 누구나 다 아는데."

"부자인 게 언제부터 행복하다랑 같은 말이었지?"

수진의 말은 까칠했고, 공격적이었다. 이미 겪을 대로 겪어 예의마저도 내던진 듯한 태도였다.

"그냥 꺼져. 내가 스토커라는 헛소문을 믿는 멍청이랑 무슨 말이 통하겠어."

지나는 이대로 수진을 보내면, 앞으로 말을 나눌 기회를 만들기 쉽지 않을 거라고 직감했다. 이 말까지는 절대 하고 싶지 않았으나 혹시나 하는 마음에 어쩔 수 없이 용기를 냈다.

"사람들이 모르는 다른 일이라도 있는 건가요."

그러자 수진의 눈이 커졌다. 여태껏 보였던 표정과는 전혀 다른 얼굴로 지나를 바라봤다. 더 이상 노려보는 눈빛이 아니었다. 오밀조밀한 이목구비에 지나치게 많은 감정이 누적되어 있어 지나는 감히 수진의 표정을 읽을 수가 없었다.

"대체 무슨 일인데요?"

수진은 아무 말도 하지 않았다. 주머니 안에 손을 넣고는 약하게 몸을 떨 뿐이었다. 지나는 수진이 빨리 부정해 주길 바랐다. 친구들의 말이 행여나 사실일까 봐 불안한 예감이 점점 짙어졌다. 이대로 어떤 말도 더 캐묻고 싶지 않았다. 하지만 지나의 이성은 마음과 달리 용감했다. 입술이 멈추지 않고 움직여 말을 뱉었다.

"밝히기 곤란한 일이에요?"

"말해도 어차피 안 믿어 줄 거잖아."

"뭘요?"

"이은호가 날 이렇게 만들었다는 거."

"무슨 소리예요?"

"됐어. 그냥 모른 척해. 괜히 누군가를 도와주려고 해 봤자 곤란해질 뿐이니까. 내가 그랬던 것처럼."

"언니가 그랬던 것처럼?"

"삶이 슬퍼 보인다는 이유로 남을 동정하다가 더한 덫에 빠지지 말라고."

그 말에 지나는 이도가 1년 전으로 돌아가 들었다던 말을 퍼뜩 떠올렸다. 이제 지나의 얼굴도 수진처럼 한껏 일그러져 있었다.

"제대로 설명해요."

수진이 주변을 살피며 말할지 고민하다 다시 입을 다물었다. 걸음을 옮기는 수진을 지나가 또 붙잡고 같은 상황을 반복했다. 수진은 짜증을 내고선 침묵했다. 이미 기분이 찝찝해진 지나는 이대로 수진을 보낼 수가 없었다. 자리에서 벗어나려는 수진을 몇 번이고 붙잡아 세워 다그쳤다.

결국 수진이 소리쳤다.

"그만 좀 물어, 제발!"

지나가던 행인이 힐끔거릴 만큼 목청이 컸다. 지나는 순간적으로 주눅이 들어 아무 말도 더 하지 못했다. 그걸 본 수진은 미안했는지, 입술을 깨물며 교복 안 주머니에서 쪽지를 꺼내 재빨리 지나의 주머니에 넣었다.

"이게 뭐예요?"

"나 혼자 열심히 싸우고 있으니까 그만 괴롭히라고……."

수진은 다시 갈 길을 가려고 망설이다 지나를 쳐다봤다. 그녀는 처지를 알아준 후배에게 화를 낼 만큼 독하진 못했다.

"4월 1일! 이은호가 고백한 날짜야. 나는 내일도 모레도 지겹도록 학교에 가야 해. 알려 줄 수 있는 건 여기까지니까 더 묻지 말고, 궁금한 게 있어도 그냥 참아!"

그것이 끝이었다. 수진은 황망한 발걸음으로 곧장 떠나 버렸다. 말을 쏟아낼 때 눈이 유독 반짝거렸던 건 가로등 불빛 때문만이 아니었다. 지나는 수진이 눈꼬리를 닦아 내던 장면을 곱씹으며 굳은 듯 그 자리에 한참이나 머물렀다. 상대의 날카로운 말과 달리 주머니에는 분명 쪽지가 들어와 있었다. 그 쪽지는 18세의 지나 시점에서 보았던 안내장과 동일한 재질의 분홍색 종이였다.

난 누군가를 한번 찍으면 절대 포기 안 해.
네가 내 마음에 들어왔으니
널 짝사랑하기로 마음먹었어.
시키는 대로 하는 게 좋을 거야. 축하해.

★

그날 지나는 침대에서 몇 번이고 뒤척이며 잠에 들지 못했다. 1년 전의 자신이 만든 포토카드를 책상 위에 펼쳐 놓고 한참을 바라봤다. 좋아했던 사람이고, 지금도 좋아하는 중이었다.

지나는 가정해 보았다. 만약 은호가 친구들의 의심대로 위험한 인물이라면 이 사진들은 다 어떻게 해야 할까. 고민할 것도 없었다. 전부 폐기다. 그걸 생각하면 지나는 이물질을 잘못 삼킨 듯 목구멍이 칼칼했다. 수진이 의미심장한 쪽지를 주긴 했어도 그녀는 교내 공식 스토커였다. 은호에게 고백을 받았다는 말을 믿어 주는 건 스토커의 궤변에 놀아나는 멍청한 짓일지 몰랐다. 쪽지의 내용이 중요한 게 아니라 그 쪽지를 자신에게 준 수진의 태도가 불순하다 치부해야만 했다.

'마음이 왜 이렇지······.'

하지만 지나는 가로등 불빛과 밤의 어둠이 얼굴에 절반씩 걸쳐 있던 수진이 잊히질 않았다. 서글픈 얼굴로도 거짓말을 할 수 있는 여자라면, 그 여자는 연기에 소질이 있었다. 지루함을 상징하는 빨간 뿔테 안경, 남에게 어떻게 보이든 신경 쓰지 않은 앞머리, 멋 부릴 줄 모르는 교복 차림. 수진은 같은 수학부라 은호를 마주할 일이 그토록 잦으면서도 은호의 시선을 바라는 다른 학생들과는 많이 달랐다.

'혼자서 싸운다는 건 무슨 뜻이지?'

수진의 양친이 사고로 세상을 떠나 조모와 함께 살고 있다는 점은 소문으로 익히 들어 알고 있었다. 수진은 수학 교수였던 부모를 잊지 않기 위해 수학만큼은 최선을 다해 공부했고 그 결과 경시대회에서 상을 휩쓸었다. 그런 수진에게는 두툼하고 냄새나는 수학책들 말고는 친구가 없었다. 지나가 생각하기에 수진이라는 사람은, 수학이라는 한 우물만 파는 모습이 가장 자연스러운 존재였다. 그녀가 수학보다 은호를 더 좋아한다는 사실이 어딘가 부자연스럽게 느껴졌다.

의심과 거짓으로 외면하려 해도 진실은 힘이 셌다. 자꾸만 어떠한 추측이 지나의 생각 옆구리를 쿡쿡 쑤시며 자신을 제대로 발견하라 요동쳤다. 지나는 수진이 은호의 스토커가 아니라는 판단을 이미 무의식중에 내리고 있었다. 그 결과를 붙잡지 않았을 뿐.

거듭 생각해 보았다. 역시 이 찝찝함은 다 오판이었고, 은호는 결함이 없는 사람이라고. 그렇다면 눈앞의 포토 카드를 버릴 일은 없어진다. 사진부원 친구들이 다 착각했을 뿐이다. 수진은 연기에 능숙한 범죄자고, 쪽지는 망상을 위해 조작됐다. 이 가정은 지나에게 안전했다. 더 나설 일도, 해결할 일도 없었다. 편안히 잠을 자고 다시 현재로 시간 이동하는 날만 기다리면 된다. 사람으로 또 실망할 일 없이 사랑을 보존할 수 있었다.

깊은 새벽이었다. 이제 동이 트면 수진은 학교에서 뛰어내린다. 오늘은 지나의 삶과 전혀 상관없을 스토커의 마지막 날이다. 동시에 사진부원들이 부탁한 것을 살펴볼 마지막 날이기도 했다.

'누군가를 좋아하는 마음을 내 손으로 망칠 수 있을까?'

지나는 스스로에게 되물었다. 은호를 사랑하는가? 좋아했고, 동경했고, 선망했지만……. 이제 와 보니 사랑이 아닐 수도 있었다. 사랑이라는 단어를 떠올리면, 지나에게는 오히려 다른 사람들이 떠올랐다. 한 사람이 아닌 제법 많은 친구들이.

서랍 안에는 숨겨 둔 사진 한 장이 아직 남아 있었다.

*

새벽 4시. 지나는 가방도 없이 학교로 향했다. 기억하기로, 이날 학교에 있었던 사람은 경비 아저씨와 수학부의 수진, 은호가 전부였다. 사건이 벌어진 후 은호는 이렇게 증언했었다.

'그날 수진이는 제가 자율학습실 쓰는 시간을 미리 알고선 수학부 활동을 핑계로 저를 쫓아왔어요. 같은 수학부라 어쩔 수 없이 새벽부터 함께 공부했지만, 계속 저를 불편하게 했어요. 저는 분명 싫다고 말했어요. 수진이는 이미 약에 취해 있었어요. 몸을 휘청거렸죠. 공부를 잘해도 네가 없으면 안 된다며…… 비관하다가 옥상으로 가 뛰어내렸어요. 너무 힘들어요. 수진이의 마음을 받아 주지 못한 것도 죄스럽고요…….'

이후 은호는 정신과 상담까지 받고 전교생과 교사 일동은 스토킹에 시달리다가 친구가 투신한 것까지 목격한 은호를 동정한다. 불순한 사건으로 학교 분위기는 가라앉지만 은호를 향한 실버타이거 일원들의 마음만은 더욱 깊어진다. 수진은 죽어서도 영원히 가해자가 된다.

지나는 이미 겪은 미래를 곱씹으며 경비의 눈을 피해 자율학습실로 올라갔다. 아니나 다를까 자율학습실에는 불이 켜져 있었고, 수진과 은호만 있었다. 복도 쪽 창문 너머로 조심스럽게 훔쳐보는데 둘은 공부를 하고 있지 않았다. 은호가 운동장 쪽 창틀에 수진을 바짝 붙여 나긋나긋한 목소리로 말을 거는 중이었다.

"네가 소문낸 거 맞지?"

수진의 표정이 가로등 아래에서 지나를 노려볼 때와 비슷했다.

"아니야."

"그럼 어떻게 1학년 입에서 내 이야기가 나와?"

"네가 부주의하게 여기서 자꾸 약을 먹고 자니까 목격했겠지. 부반장한테까지 나눠 줬다며. 너한테 그만하라고 충고했을 때 넌 그만둬야 했어. 이 세상에 유일한 목격자가 나 하나뿐이었을 때 멈춰야 했다고. 지금이라도 다른 방식으로 살아. 난 네가 싫지만, 도움이 필요하다면 도와줄게."

"찐따 주제에 그딴 말로 나를 바꿀 수 있을 거라고 생각해?"

은호가 수진의 책상 위에 있던 텀블러 뚜껑을 열고 해열제 십수 개를 쏟아 넣었다. 수진이 자기 텀블러를 뺏어 오려 했지만, 은호가 그런 수진을 창틀 쪽으로 다시 밀쳤다.

"수진아, 약쟁이인 네가 수학 경시대회에서 상 받았다는 사실을 알면 사람들이 어떻게 생각할까? 누더기가 된 네 가족들 불쌍하게 명문대도 못 갈 테고 말이야."

"네가 날 속여서 먹인 이후로 난 한 번도 스스로 먹은 적 없어. 설령 사람들이 내가 너랑 약을 남용했단 걸 알게 되어도, 마약도 아닌데 불이익은 없어. 혼자서 내 약점을 잡았다고 착각하지 마. 이미지에 목숨 거는 너한테나 약점이지."

"아무래도 이상해. 왜 내가 너한테 약을 먹인 이후로 소문이 난걸까? 학교 근처 약국이랑 보건실에선 전부 약을 바꾸려 해. 넌 알잖아. 약을 못 먹는다는 생각만 해도 손이 달달 떨린다고. 네가 책임져야지."

수진이 말 한마디만큼의 침묵을 지킨 뒤 분명한 어조로 되물었다.

"너 결국 해열제가 아닌 다른 약도 먹은 거지?"

그 말을 듣자마자 은호는 화를 이기지 못해 책걸상 하나를 발로 걷어찼다. 요란한 소리에 지나가 몸을 크게 움찔거렸다.

지나는 이제야 은호의 진짜 모습을 마주했다. 여기까지 들으면 누구라도 생각을 고쳐먹을 수밖에 없었다.

은호는 중학생때부터 유명했다. 그 유명세를 만든 일등공신은 외모가 아니라 순애보였다. 학업 성적은 반 일등으로 좋았으나 교우관계가 썩 좋지 못했던 한 여학생을 위해 좋아하는 물건을 사 주고, 밥을 사 주고, 집까지 데려다주고, 음해하는 주변인들을 응징까지 해 줬다는. 여학생을 지고지순하게 좋아해 영화 속 주인공처럼 헌신했다는 동화 같은 이야기가 사람들 입에 오르내렸다. 그 소문이 은호의 외모와 맞물려 낭만 서사로 부풀려졌고, 학생들은 짝사랑의 상대가 자신이 되기를 염원했다. 반작용으로 상대 여학생을 향한 미움과 조롱이 생겨난 바람에 끝내 그 여학생이 괴롭힘을 당해 전학을 가는 결말이 만들어졌다. 오직 은호만이 동화에서 생존한 왕자였다.

지나는 두 손으로 입을 틀어막았다. 그대로 벽에 기대며 찬 바닥에 주저앉았다. 싸움 소리는 계속 들려왔다.

"너 같이 못 사는 애들은 내가 얼마나 힘든지 몰라. 약에 기대서라도 잠을 자고 싶은 이 마음을 모른다고."

"이은호. 네 인생을 살아. 부모의 기대에 맞춰 살지 말고."

"부모의 기대? 난 너희의 기대에 갇힌 거야."

"뭐?"

"너 같은 애들이 내 이미지를 멋대로 만들고 추켜세웠잖아. 엄마 아빠는 공부밖에 강요하지 않았어. 그것도 네가 전학 오자마자 내 등수를 한 칸 내려서 미칠 지경이지만."

"알았어. 다음 시험은 적당히 망쳐 줄 테니까 이제 그만해."

"부족해. 경시대회에서도 내가 상 타게 해 주라. 그러면 전형을 확실하게 충족시킬 수 있거든. 어차피 넌 좋은 대학 가봤자 축하해줄 부모도 없잖아."

"미친 새끼."

뺨을 때리는 소리가 들려왔다. 이윽고 둘이 적대심을 담아 마구 부딪히는 소리가 났다. 옷깃은 폭력적으로 스쳤고 몸도 책걸상에 부딪혔다. 단발적 비명에 지나의 심장은 터질 듯이 뛰었다. 당장에라도 앞문을 열고 말리는 것이 옳았지만 은호의 낯선 모습에 공포를 느껴 손이 움직이지 않았다. 간신히 일어나 자율학습실 창문 너머만 볼 뿐이었다.

은호가 아예 힘으로 수진의 멱살을 잡아 짐승을 대하듯 제압했다. 수진은 책상 위에 누워 언덕처럼 상체가 휘어 있었다. 캑캑거리는 소리가 이어졌다.

"사귀자고 해서 사귀었잖아. 뭐가 문젠데, 컥."

"내가 너랑 사귀고 싶어서 고백했겠어? 너 좀 흔들리라고, 내가 약 먹는 거 목격한 게 너니까 스토커 이미지 씌워서 나한테 좀 휘둘리라고 그런 건데 수진아, 넌 참 멍청하게."

"컥, 노, 놓고······."

"왜 너 같은 여자애들은 통제가 안 되는 건데!"

은호가 옷깃을 쥔 채로 수진을 들어 올렸다가 다시 책상에 내리박길 반복했다. 대화 소리와 몸이 쾅쾅 부딪는 소리가 이어졌다.

지나는 어째서 수진이 은호의 스토커가 됐는지 이제 확실히 알았다.

"날 너무 미워하지는 마. 널 고립시킨 건 내가 아니라 여자애들이니까."

은호가 수진의 뺨을 내려치려고 쥐고 있던 옷깃을 놓았다. 수진이 틈을 놓치지 않고 발로 은호의 복부를 걷어차고는 경비가 들을 수 있게끔 크게 소리쳤다. 배를 감싼 은호가 침을 질질 흘리면서도 수진의 입을 손으로 재빨리 막았다. 그러고는 마침 옆에 있던 약이 섞인 텀블러를 들고 수진의 입에 들이부었다.

"너는 몰라. 내가 가진 게 얼마나 지키기 힘든 건지."

수진이 구토하듯 액체를 뱉었으나 상당수는 삼킨 후였다. 은호에게 벗어나 앞문을 거칠게 열고 달아나려 했다. 하지만 은호가 수진의 교복을 잡아챘고, 수진은 벗어나려 발버둥 치다 계단으로 내려가지 못하고 정반대인 옥상 문 쪽으로 향했다.

지나는 은호를 말리고 싶었다. 말려야 했다. 하지만 뜨겁고 신비로운 기운이 지나의 몸을 감쌌다. 몸이 말을 듣지 않았다. 간신히 두 사람이 달려간 옥상으로 쫓아가 봤지만 둘은 이미 난간 근처에 서 있었다. 지나가 손을 뻗으려 해도 일정 거리 이상은 가까이 다가갈 수 없었다.

'이 사건에 개입이 불가능한 건가?'

수진은 머리가 아픈지 옥상으로 간 후에도 손으로 관자놀이를 감싸쥐며 괴로워했다. 은호가 그런 수진을 몰아세웠다. 지나는 은호의 과격한 행동이 이해되질 않았다. 설령 수진이 진짜 스토커라 할지라도 이것은 선을 넘었다. 그런데 수진은 진짜 스토커조차 아니었다. 은호의 뒷덜미에 새빨간 자국이 보였다. 은호는 계속 수진을 위협하며 수진에게 가까이 다가갔다.

"난 한번 찍은 상대는 놓지 않아."

"날 좀 놔두라고."

"난 항상 내가 망가뜨리고 싶은 것들을 짝사랑이라는 이름으로 끌어내려왔어. 근데 넌 좀 어렵네."

은호가 이를 부득부득 갈더니 이내 얼굴을 바꾸었다. 초연한 눈빛으로 수진을 향해 나아갔다. 수진은 난간까지 단 한 걸음만 놔둔 채로, 계속 뒤로 밀려났다. 옥상의 난간이 낮아 등을 푹 기대는 일조차 허락되지 않았다. 은호가 바짓단을 들어 올렸다. 종아리에 멍 자국이 가득했다.

"수진아, 넌 부모가 없어서 몸에 이런 것도 없잖아……."

"나랑 무슨 상관인데, 날 좀 내버려둬!"

"정해둔 대학에 못 가면 난 계속 이렇게 살아야 돼. 알아?"

수진이 눈을 질끈 감고 고개를 틀었다. 지나는 이도가 해 준 말이 떠올랐다. 은호의 집에 문제가 있다는 말을 그땐 그저 부정했었다. 하지만 은호의 몸이 학대의 증거였다. 부모의 기대에 부응하지 못하는 미래는 은호에게 지옥이나 마찬가지였다. 결국 은호는 현실을 미리 지옥으로 바꿔서라도 미래를 원하는 방향으로 설계해야만 했다. 어젯밤 수진이 한 말이 모두 사실이었다. 수진을 스토커로 만든 사람은 역시 은호였던 것이다.

"나는 나답게 살아 본 적이 없어……. 그러니까 한 번만 도와줘. 시키는 대로 좀 움직여 주라. 경시대회도 나가지 말고, 그냥 좀 존재감 없이 있어 줘. 응?"

"난 너에 대해 아무것도 몰라. 앞으로도 몰라. 평생 모르는 척해 줄게. 하지만 난 내 부모님을 위해서라도 부정한 일은 하지 않아."

"시발! 뒤진 사람들을 위하긴 뭘 위해!"

"좋아하는 것을 좋아하지 않는 이유로 포기할 수 없어."

순식간이었다. 은호가 수진의 어깨를 쥐더니 뒤로 세게 밀쳤다. 짐짝처럼 바닥에 나뒹군 수진이 그 충격에 허리를 부여잡고 아파했다. 그 사이 은호는 낮은 난간에 다리 한쪽을 올리고 뛰어내릴 자세를 잡았다.

"그럼 좋아하는 게 없는 나는 죽어 버릴래."

돌발 행동에 소스라치게 놀란 수진이 재빨리 일어나 그의 허리춤을 붙잡고 아래로 강하게 당겼다.

"새벽부터 개짓거리 좀 하지 마!"

"놔. 나 그만 살고 싶어. 사는 게 안 행복해. 너 같은 여자애들한테 무시당하는 것도 끔찍하다고!"

"여기 떨어져서 죽는 게 더 끔찍해. 내려와!"

수진의 강한 만류에 투신을 못 하게 된 게 자존심이 상했는지 은호의 표정이 서늘하게 굳었다. 은호는 수진의 목을 다시 부여잡고선 자신과 위치를 바꿔 난간에 기대게 만들었다. 은호가 아랫입술을 거칠게 깨물며 수진의 목을 밀었다. 난간에 기댄 수진의 허리가 활처럼 휘어 상체의 절반은 거의 난간 밖으로 밀려난 상태였다.

"난 오지랖 떠는 년들이 세상에서 제일 싫어."

"싫다고 평생 남 목이나 조르며 살아 봐. 그런다고 내가 입을 다무나."

"닥치라고 좀! 왜 가만히 있으면 별일 없을 텐데 꼭 이렇게 나불거리지?"

"왜냐면 네 인생은……."

수진이 자기 목을 쥐고 있는 은호의 손을 잡았다. 고양이처럼 손톱을 바짝 세워 할퀴듯이 떼어내려 했다. 은호의 손등이 새빨갛게 달아올랐다.

"모른 척 넘어가지 못할 정도로 오답투성이니까."

분에 못 이긴 은호가 수진의 목을 놓고 어깨를 세게 흔들며 고성을 질렀다. 겁을 주기 위한 행동이었으나 스스로의 힘을 통제하지 못해 몹시 위태로워 보였다. 지나가 상황을 막기 위해 온몸에 힘을 줘 움직이려 노력했지만 꼼짝도 할 수 없었다.

"지금 죽고 싶지 않으면 사과해."

"위험하니까 이것 좀 놔!"

"죽고 싶지 않으면 사과하라고!"

"놓고 말해. 놓고!"

"자꾸 내 말에 토 달지 말……."

찰나였다. 은호의 거친 위협에 수진의 휘어진 몸이 미끄러지듯 아래로 훅 쏠렸다. 그대로 수진은 비명을 지르며 떨어졌다.

"어?"

철퍽하는 소리가 들렸다. 은호는 난간 아래를 내려다보고 있었다.

지나는 곧 온몸에 힘이 풀린 채로 신발장 옆으로 기어가듯 도망가 숨었다. 더 이상 다리에 힘이 들어가지 않았다. 이윽고 옥상에서 나온 은호가 크게 심호흡하더니 자율학습실로 들어갔다. 과장된 톤의 음성이 머지않아 들려왔다.

"친구가 갑자기 옥상에서 뛰어내렸어요! 제발 빨리 와 주세요……. 움직이질 않아요……. 너무 무서워요. 제발……."

울음 섞인 목소리로 다급해하던 그는 신고가 끝나자마자 휴대폰을 주머니에 넣었다. 어디에도 인간적인 면모는 없었다. 다시 앞문으로 나와 자율학습실을 떠나려는 순간, 그제야 시야에 들어오는 신발장을 발견했다.

"봤니?"

지나에게 물을 때 그는 눈 하나 깜빡하지 않았다. 은호는 접혀 있던 바짓단을 깔끔히 내리고는 주머니에 손을 넣었다. 지나에게 천천히 다가가 무릎을 굽혔다. 바닥에 주저앉은 지나와 눈높이가 딱 맞았다.

은호가 한껏 순수한 얼굴로 웃었다.

"네 이름, 신지나 맞지?"

지나의 눈꼬리에 커다랗게 눈물방울이 맺혔다. 살인마와 마주한 지나는 대차게 떨며 고개를 끄덕였다.

"너 나 좋아하잖아."

은호가 지나의 머리에 손을 올려 쓰다듬어 주다 돌변하여 머리채를 쥐었다. 지나는 숨이 멎는 듯했다.

"나 좋아해? 안 좋아해?"

"조, 좋아해요……."

"그럼 나랑 사귈래?"

"그건……."

"지나야. 네 덕분에 내 팬클럽이 잘 유지되는 거 내가 누구보다 잘 알아. 늘 고맙게 생각해. 방금 본 거, 고의 아니고 실수였어. 알지? 평생 못 본 척해 주면 네 짝사랑 끝나게 해 줄게. 누군가를 오래 좋아하는 일, 참 어렵잖아. 그렇지?"

과연 오늘은 초대장의 예고대로 짝사랑의 성공 확률이 가장 높은 날이었다.

"알겠다고 해봐. 거절하면 내 다음 스토커는 너야."

지나의 몸을 휘감고 있던 어떤 기운이 은호의 이마를 송곳처럼 뚫고 지나갔다. 그러자 은호가 정신을 잃고 뒤로 쓰러졌다. 지나의 의식 또한 여기까지였다.

✱

눈을 뜨자 꿈속과 다름없는 새벽이었다. 휴대폰을 확인하니 신기하게도 사진부원들 모두가 잠들지 못했는지 새벽 내내 지나가 일어나기만을 기다리며 대화를 주고받고 있었다. 깨어난 지나의 첫 마디는 간결했다.

학교로 와.

지나를 비롯한 부원들은 경비 아저씨조차 졸고 있을 시간, 모든 일이 일어났던 장소에 다시 모였다. 친구들은 지나가 보고 온 것을 무척 궁금해했다. 지나는 이제 아무런 미련도 남아 있지 않은 얼굴이 됐다.
"너희 의심이 맞았어."
이도와 우주는 수상쩍은 추측이 사실이었단 점에 놀라면서도 조금 더 확실하게 설명해 주기를 바랐다. 모두를 대신하여 태현이 물었다.
"회장 형이랑 죽은 선배는 무슨 사이였는데?"
"사귀었던 사이. 일방적으로."
모두가 믿을 수 없다는 눈으로 지나를 바라봤다. 지나는 이제는 전교생에게 버림받은 자율학습실의 중앙에서 벽면을 바라보았다. 거기에는 과거 수학부원들이 사용했던 사물함이 있었다. 사진부원들이 아우성치듯 너나 할 것 없이 물었다.
"사귀었다고? 둘이? 말도 안 돼."
"그러면 왜 한쪽이 스토커라는 오해를 산 거야?"
"무슨 일이 있었는지 제대로 이야기해 줘!"
수학부원들의 이름 태그가 붙어있는 사물함을 학생들은 진작 비웠다. 버려진 공간에 물품을 보관할 바보는 없을 테니까. 하지만 아직 자물쇠가 채워진 채로 비워지지 못한 사물함 하나가 있었다. 누군가에 의해 이름 태그가 유일하게 제거된 사물함이었다. 지나는 수진에게서 들었던 날짜를 자물쇠 암호판에 맞추었다. 딸깍하는 소리와 함께 자물쇠가 오랜만에 입을 벌렸다. 그 안에는 배터리가 이미 닳아 버린 녹음기 하나가 있었다.
"이 기계로 대신 들어."
지나는 집에서 챙겨온 USB핀 충전기로 녹음기에 전기를 공급했다. 다행히 녹음기는 아직 생명력을 잃지 않았다. 단 하나의 저장 기록이 존재했다. 1년 전의 이맘때, 이 시각 04시 44분. 사진부원들은 아직 과거를 살고 있는 녹음기 속 음성을 처음으로 들었다. 격렬한 싸움 소리는 지나가 창문을 통해 엿들었던 것과 동일했다.
잠시 후 이도가 끔찍해하며 재생을 멈췄다.

"뭐야 이거! 회장 선배 완전 또라이였잖아?"

우주도 혼란스러운 얼굴로 사건을 정리했다.

"선배가 누명을 벗기 위해서 여기에 우리를 불렀던 거구나……."

태현이 동정을 담아 거들었다.

"혹시라도 모르는 사람이 발견했다면 주인이 없는 기기라 생각해 그냥 폐기할지도 모르니까 이야기를 들어줄 사람이 필요했던 거야."

지나는 마음이 복잡한지 우주가 들고 있던 녹음기를 뺏어 들었다. 당장에라도 바닥에 던져 버리려는데, 사진부원들이 그 녹음기로 죽은 선배의 원한을 풀어 줘야 한다며 지나를 만류했다.

짝사랑을 이루는 일 따위 관심 없던 지나였지만 마지막으로 본 풍경은 그녀에게 적잖이 충격이었다. 짝사랑을 성사할 가능성이 가장 높은 순간이, 고작 범죄자에게 입막음을 회유당하며 마음을 저당 잡힌 초라한 순간이라니. 지나는 앞으로 누구에게도 애정을 품지 못할 것 같다는 좌절감에 휩싸였다.

우주가 걱정스러운 얼굴로 지나의 손을 잡았다.

"힘들었지?"

지나는 차마 대답하지 못했다. 그러자 이도도 지나의 손을 제 손으로 포갰다.

"나도 그랬어. 짝사랑의 성사 확률이 가장 높은 순간은 사실, 제일 비참한 순간이더라고."

그 모습을 보고 있던 태현도 머뭇거리다 말을 보탰다. 자신도 그렇다며.

결국 짝사랑을 이뤄 준다는 초대장을 찢었어도 그들은 사랑을 이루기는커녕 그 사랑에 닿을 수 없다는 상실을 경험해야만 했다. 이도는 친구가 자신보다 좋은 사람이라는 이유로 좋아하는 상대방을 일찌감치 포기했으며 멋대로 양보까지 했다. 우주는 이도와 이뤄지지 못할 것을 알기에 고백 한번 못 한 채로 제 심장에 상처를 새겼다. 태현 또한 마찬가지였다. 가치관이 다른 사람을 괴롭히지 말자는 마음으로 단념해 버렸다. 모두가 잘못된 이타심으로 사랑을 죽였다.

이들은 누구도 상처받고 싶지 않았다. 그래서 1년 전으로 되돌아갈 기회가 주어졌어도 끝내 진심을 한마디도 꺼내질 못했다. 짝사랑은 이루어지지 않는다는 차가운 정의에 누구보다 마음 아파하면서도 중독처럼 짝사랑으로 힘들어했던 그들이었다.

말없이 전해지는 우울감에 그들이 허무를 느낄 때쯤 지나가 교탁 위의 수상한 물건을 발견했다. 놀랍게도 그것은 지나의 방 서랍장 깊숙이 보관되어 있어야 할 사진이었다. 먼저 발견한 이도가 그 사진을 목격한 뒤 놀란 어투로 말했다.

"은호 선배가 텀블러에 약을 넣고 있잖아?"

사진을 확인한 지나는 오늘 사진부원들이 이곳으로 모이게 된 그 모든 일의 시작점을 깨우쳤다.

"내가 찍고 몰래 감춰둔 거야. 처음 목격했을 때부터 난 수진 언니가 은호 오빠한테 약을 강요한 거라고 억지로 믿어 왔어. 은호 오빠를 지켜주기 위해 실버타이거 회원들에게도 익명의 힘을 빌려서 수진 언니가 약쟁이라는 헛소문을 퍼트렸었어. 정말 미안해. 내 잘못이야."

지나가 우연히 사진의 뒷면을 펼쳤다. 아무것도 없어야 할 뒷면에 뭔가가 적혀 있었다.

    좋아하는 것을 좋아하지 않는 이유로 포기하지 마.

지나는 그 말이 은호를 포기하려는 자신의 상황과는 영 맞지 않는다고 느꼈다. 그럼에도 마음 한 귀퉁이가 아릿했다. 진정으로 좋아하는 어떤 것. 지나는 과연 긴 짝사랑의 진짜 주인이 누구였는지를 곱씹었다. 이윽고 글귀는 검은빛을 내뿜으며 사라졌다. 이제 자율학습실에는 수상한 초대장도, 안내문도 더는 없었다. 그들에게는 오직 과거의 녹음기와 사진만 남았다.

우주가 조심스레 말했다.

"그 언니는 네 손으로 모든 걸 바로잡길 원하고 있는 거야."

태현이 고개를 끄덕였고, 이도가 홀가분한 표정으로 덧붙였다.

"지금 이 순간에 우리가 용기를 내서 정직해질 수 있다면, 우리의 다음 사랑은 무조건 성공이겠지?"

누구도 확신할 수 없었다. 하지만 넷은 비슷한 표정으로 서로를 바라보았다. 좋아하는 마음이 좌절되었지만, 여전히 서로가 서로에게 소중한 친구였다. 그들은 앞으로 두 번 다시 겪지 못할 은밀한 경험을 공유했다. 비록 자신들이 과거에서 누구를 만나고 왔는지 진솔히 털어놓는 일은 어려웠으나 시간이 지나면 그것조차 웃으면서 밝힐 수 있기를 바랐다. 그러니 그들은 슬픔에 매몰되지 않기로 했다. 지나가 심호흡을 크게 뱉고는 주머니에서 휴대폰을 꺼냈다.

이도가 그 손을 감쌌다.

"내가 대신 해 줄까?"

"아냐. 내가 할게."

"괜찮겠어?"

"당연하지. 나 아무렇지도 않아. 벌써 훌훌 털어버렸어. 회장

새끼, 사실 단톡방에 매일 자기가 직접 동선 공유하는 것도 눈치채고 있었어. 내가 많은 걸 알고 있으니까 내가 전부 다 말할게. 수진언니에게 사죄하는 마음으로."

그런 지나를 보고 우주는 의자를 가져와 아예 자리를 잡았다. 경찰이 오고 난 뒤에도 끝까지 지나의 곁에서 같이 신고자가 되어 줄 생각이었다. 이도도 그 옆에 의자를 두고 앉았다. 태현은 버려진 공간의 불을 켜고 창문도 활짝 열었다. 증거 보존 차원에서 사물함과 녹음기를 폴라로이드 카메라로 촬영해 즉석 인화했다. 모두의 시선 속에서 사진에 오늘 날짜를 써넣었다. 5월의 하루. 누군가의 기일이었다.

"우리 다 함께 발견한 거야."

지나는 고개를 끄덕이곤 경찰에 신고했다. 셋은 폐허가 된 자율학습실에 앉아 평상시처럼 실없는 이야기를 나누었다. 무거운 분위기에 잡아먹히지 않으려 노래를 부르기도 했다. 넷의 체온 덕분에 자율학습실의 차가운 공기가 조금씩 따뜻해졌다. 이윽고 작게 빛나던 도깨비불이 아주 흐릿하게 그들 곁을 맴돌다 창문 밖으로 날아갔다. 부원들이 신기해하며 따라가니 멀리서 도착하는 경찰 차량이 보였다.

이도가 상황을 살피다 문득 주머니에 넣어 놓은 단체 사진을 확인했다. 모서리의 흐릿한 물체는 이미 사라진 후였다. 우연히 뒤를 지나다 렌즈에 포착된 한 여자가 호기심 가득한 눈으로 카메라와 눈을 맞추는 모습이 작게 보였다. 이도가 엄지로 그녀를 쓰다듬었다. 빨간 뿔테 안경 너머로 외로움에도 굴하지 않으려 했던 생명이 반짝였다. 지나간 삶을 그리워하며 끈질기게 누군가에게 도움을 청했을 그녀를 위해 이도는 성불을 빌어 주었다.

"이 언니의 다음 삶도, 우리의 짝사랑도 미래엔 덜 아팠으면 좋겠다."

먼 하늘에서 동이 트고 있었다. 경찰이 방문했단 연락을 받은 교사들이 속속들이 출근했다. 사진부원들은 두려워하지 않고 진범을 설명했다. 모두가 함께였다. 아침 해가 완전히 떠오르고, 버려진 공간이 학생들의 호기심으로 웅성거릴 때, 그 공간에 매여 있던 한 존재는 아주 떠나고 없었다. 어떤 묘술도 이제는 생겨나지 않았다.

좋아하는 마음, 미워하는 마음이 실컷 뒤엉킨 그 공간은 더 이상 누구의 진창도 아니었다.

끝.

작가의 말

짝사랑, 그 아프고 황홀한 중독에 관하여

내가 아닌 뭔가를 한 번도 사랑하지 않은 채로 어른이 될 수 있을까? 어른이 된 후 돌아보면 10대 시절 했던 공부나 틀렸던 시험 문제는 전혀 기억나지 않는다. 내가 기억하는 것이란 자습 시간에 선생님 몰래 마음 졸여 가며 본 만화책과 밤을 새워 덕질한 아이돌, 주말이면 연락이 오려나 마음 쓰였던 사람의 이름, 보고 싶어 달려 갔던 분식집의 강아지다. 결국 시간을 이기고 내 기억 안에 살아남은 것은 '진심으로 좋아했던 것들'뿐이다. 우리는 사랑의 기억을 양분 삼아 어른이 된다. 그러니 뭔가를 좋아한다는 건 곧 성장 중임을 의미한다.

그중에서도 짝사랑은 성사되지 않은 채 미완으로 남아 버린

사랑이라 불안정해 보이지만 오히려 가장 강렬한 기억으로 남는다. 2인분으로 만들고자 치열히 키워 냈던 1인분의 마음. 나 혼자라도 완수하기 위해 애썼던 젊은 날의 어여쁜 상처들. 나라는 사람의 한 부분을 이루는 귀한 경험들이다. 그러니 지금 누군가를 짝사랑하고 있다면, 너무 괴로워하지 않기를. 당신의 성장을 즐겁게 누리길 바란다.

짝사랑 중독 클럽

초판 1쇄 인쇄	2025년 8월 20일
초판 1쇄 발행	2025년 8월 27일
지은이	이온화
기획	신지민
책임편집	주소림
디자인	weme design
책임마케팅	최혜령, 박지수, 도우리
마케팅	콘텐츠IP사업본부
해외사업	한승빈, 박고은
경영지원	백선희, 권영환, 이기경, 최민선
제작	재영P&B
펴낸이	서현동
펴낸곳	㈜오팬하우스
출판등록	2024년 5월 16일 제2024-000141호
주소	서울시 강남구 테헤란로 419, 11층 (삼성동, 강남파이낸스플라자)
이메일	info@ofh.co.kr

© 이온화 2025

ISBN　　979-11-94979-09-8 (03810)

한끼는 ㈜오팬하우스의 출판브랜드입니다.

- 이 책은 저작권법에 따라 보호받는 저작물이므로 무단전재와 무단복제를 금지하며, 이 책 내용의 전부 또는 일부를 이용하려면 반드시 저작권자와 ㈜오팬하우스의 서면동의를 받아야 합니다.
- 책값은 뒤표지에 표시되어 있습니다.
- 잘못된 책은 구입하신 서점에서 바꿔드립니다.